JN022092

攫われた転生王子は
下町で
スローライフを
満喫中!?
sarawareta tensei ouji ha
shitamachi de slow life wo
mankitsuchu!?
3
伽羅 kyara
ill. キッカイキ

主な登場人物
リュシエンヌ
勝気な侯爵令嬢。
どうやら学生時代から
アルベールのことを
気にしていた
ようで……
ブロン
訳ありな
はぐれペガサス。
体の大きさを自由に
変えられる。
アルベール
本作の主人公。
下町育ちの転生少年で、
実はヴィラルド王国の
第一王子。

サロメ
輪廻教団という
謎の宗教組織の
教祖。
ナゼール
鬼の里のまとめ役。
弟のサシャに
手を焼いている。
サシャ
ナゼールの弟。
何かと先走って
行動しがち。

プロローグ

僕の名前はアルベール。生まれて間もない頃、川で溺れかけていたところを冒険者夫婦のクレマン父さんとエレーヌ母さんに拾われ、王都の下町で育てられたんだ。

前世の記憶を思い出してからは、下町のためにいろいろな発明をしたり、ブラックパンサーのノワールと従魔契約を結んだりと充実したスローライフを送っていた。

そんなある日、実は僕が、攫われて行方不明だったこの国の第一王子であることが判明する。どちらの家族も諦められなかった僕は、下町と王宮の二重生活を続けることを決意した。

僕の正体がわかってしばらくした頃、妹王女シャルロットに、隣国のフィリップ王子が婚約を申し込んできた。それを受けて、僕は彼の人となりを調査するために身分を隠し留学した。フィリップ王子とは最初はぎくしゃくした関係だったけれど、一緒に学校生活を送るうち、なんだかんだ言いつつもいい関係を築けたと思う。

帰国した後も、赤ちゃんドラゴンのレイと出会って従魔契約を交わしたり、ノワールの誘拐事件を解決したりと、トラブル続きの日常は変わらなかった。

そんなせわしない日々を送る中、だんだん僕の中である気持ちが膨らんできた。それは、この国のことをもっと知るため、旅に出たいという思いだ。

最初に家族に打ち明けたときは、案の定猛烈に反対された。

けれど、必死に説得した結果、とうとう僕は旅立つことを許されたんだ。

第一章　旅立ち

国王である父上から旅の許可が出たことで、僕の旅の準備が慌ただしく始まった。

まずは騎士団長と一緒に旅の装備を整えることになった。

騎士団長に連れられて、騎士団の備品が置いてある倉庫へ案内される。

「アルベール王子。マジックバッグはお持ちですね。キャンプ用の道具は何がありますか？」

騎士団長に聞かれて自分のマジックバッグの中を確認したが、今まで森に行く時はすべて日帰りだったからキャンプ道具なんて何もなかった。

「キャンプ道具は何も持っていないけど、やっぱり必要ですか？」

騎士団長に確認すると、彼は当然とばかりに頷いた。

「今まではクレマンが一緒でしたが、これからはノワールがいるとは言え、お一人での旅ですからね。不測の事態に備えておくことは大事です。マジックバッグに入れれば大した荷物にはなりませんし」

騎士団長に諭（さと）されて、確かにそうだと納得した。

今までは森の奥とは言っても、その日の内に帰れるようなところばかりに行っていた。

万が一野宿することになっても、テントくらいは自分の魔法で作れるかもしれないが、既にそういう道具があるのならばありがたく使わせていただこう。

騎士団長に寝袋や自炊の道具などを用意してもらい、マジックバッグへと詰め込む。

これでもう抜かりはないなと思い倉庫を出ようとすると、騎士団長に呼び止められた。

「アルベール王子。もう一つよろしいですか？」

まだ何か忘れているものがあったかなと思い、後ろを振り返ると、騎士団長は少し声を潜めてこう言った。

「王都内では私達騎士団が目を光らせておりますが、他の地はその土地の領主である貴族が統治しております。その土地によってはいろいろときな臭い話がある貴族もおります。公園造りを了承した地方は問題ないと思いますが、公園がない領地、つまり王都の人間の介入を拒んだ領地にはくれぐれもご注意ください」

そんな場所があるのか？　と僕が驚くと、騎士団長は少し申し訳なさそうな顔をした。

「はっきりした不正の証拠などがあれば手を打てるのですが、相手もなかなか尻尾を掴ませないものでしてね。おまけに仕事もできるのでむやみに処分できないんですよ。陛下も頭を悩ませているんですが……」

表立って領民が不利益を被(こうむ)っていない限りは手を出せないということか。

「わかりました。注意しておきます。いろいろとありがとうございます」

騎士団の倉庫を出たところで、今度は宮廷魔術団長のジェロームさんに会った。

どうやら僕達が出てくるのを待っていたようだ。

「アルベール王子。よろしいですか？」

僕は騎士団長にお礼を言って魔術団長についていった。

「お手を煩(わずら)わせて申し訳ありません」

魔術団長はそう謝ってくるけれど、そんなに大したことではない。

「気にしないでください。ところで、どちらに向かうんですか？」

魔術団長の後についていくと、到着したのは宮廷魔術団の本部がある棟だった。

団長室の隣の部屋に案内される。

そこは魔石(ませき)や魔導具が所狭しと置いてある。

「旅のお役に立ちそうなものを何か差し上げようと思うのですが、何がよろしいでしょうか？」

旅の役に立ちそうなものって言われても、僕にはここに何があるのかもわからない。

「えっと、どういったものがあるんでしょうか？」

魔術団長は魔導具のことをいろいろと説明してくれるが、これといって欲しいものはない。

「特にはないですね」

そう言うと、酷（ひど）くがっかりした顔をされた。

そんな顔をさせるつもりはなかったんだけどね。

申し訳ないなと思っていると、魔術団長が一つの魔石を差し出した。

「これは？」

「万が一の場合、この王宮に一瞬で帰ることのできる魔石です。他に一緒に移動させたい人やものがある場合は、アルベール王子が触れていると一緒に移動させられます」

よくゲームにあるようなやつだね。

定期的に帰れって言われているから、陸路で往復するよりは行った先からこれで戻るのもありかな。

「これを使うとどこに出るんですか？」

「移動先は私の部屋に設定してあります」

「それって団長室ですか？」

「そうです」

それはちょっと使えないな。

「他の場所に戻るように設定できますか？」

できれば普段は誰も人がいない場所の方がいいな。

この魔石を使って僕が突然現れても驚く人がいなければいい。

「他の場所ですか？　不可能ではありませんが、少しお時間をいただけますか？」

団長室に現れずに済むのならば、少しくらい待っても構わない。

「ありがとうございます。よろしくお願いします」

宮廷魔術団の棟を出たところで今度は宰相に出くわした。

「騎士団長からこちらだと伺ったのですが……少しお付き合い願えますか？」

宰相まで、一体なんの用だろう？

もちろん断る理由はないので宰相と一緒に歩き出す。

宰相に連れられて向かった先は父上の執務室だった。

「やっと来たか。遅かったな」

そこで待っていたのはやはり父上だった。

僕を呼ぶためにわざわざ宰相を使いに出したのか？

執務室に置いてあるソファーに腰掛けると、宰相が何かを差し出した。

「これは？」

渡されたのは紋章が描かれた書状だった。

「こちらはこの国の紋章付きの書状です。万が一、訪れた先の貴族とトラブルがあった際にはこちらをお見せください。地方にいる貴族の中にはアルベール王子をご存じない方もおられますからね。もっとも、そのお顔を見れば王家の者だとわかると思いますがね」

まあ、父上と宰相の心配はわかる。

万が一の場合に備えて、ありがたくいただいておこう。

「わかりました。ありがとうございます」

こうして旅の準備は着々と進んでいくのだった。


魔術団長が魔石の移動先の設定を王宮での僕の自室に変更してくれている間に、僕は下町の皆に挨拶(あいさつ)をしてくることにした。

ノワールを抱きかかえ、自室の魔法陣から下町の自室へ移動する。

転移した途端にノワールは自室を飛び出していった。

ノワールにとっても、兄弟のレオとルイとはしばらくお別れになってしまうのだから当然だな。

自室を出てリビングに向かうと、父さんと母さん、それに弟のジルと妹のシモーヌが迎えてくれた。

「どうだ？　準備はもう終わったのか？」

少し寂しそうな表情の父さんに僕は頷いた。

「うん。大体終わったよ……急に旅に出るなんて決めてごめんね」

父さんと母さんへの報告は父上達との話し合いの後にしてあったけれど、ただ単に「旅に出る」と告げただけのものだった。事後報告になって本当に申し訳なかったと思っていたのだ。

「気にするな。それにアレクから連絡をもらって四人で話をしたから、アルがどうして旅に出たいと言ったのかも聞いている」

以前、魔術団長に設置してもらった魔導具で、父上達と連絡を取り、詳しい話を聞いたようだ。

「それに、一度はアルを手放すと覚悟したことがあるからな」

魔術団長に僕の素性を明かされた時に、僕を手放す決意をして王宮に連れていったのだと言われて、僕は苦笑した。王宮で一人寂しい気持ちを抱えていた時期のことは、あまり思い出したくない。

そんな僕の表情を見て、母さんが申し訳なさそうに言う。

「あの時はごめんなさいね。だけどアレクとマーゴの気持ちを考えたら、十年もアルと離れ離れにさせていたことが申し訳なくって、一刻も早く返してあげないと、と思ったの」

父さんと母さんも自分達の子どもを亡くしているから、父上と母上のつらい気持ちが十分過ぎるほど理解できたのだろう。

……行動は極端だけどね。

「それにアルはもう学校を卒業したでしょう。もう親元を離れて独り立ちしてもおかしくない年頃だわ。だから私達のことは気にしないで、しっかりと世の中を見てきなさい」

母さんに激励されて僕は気を引き締める。

確かにこの世界ではもう自立してもおかしくない年頃だ。

僕もいつまでも下町の家族に甘えている場合ではないのだろう。

「ありがとう、父さん。母さん」

父さん達としんみりしているところへ、突然乱入者が現れた。

『待て、待てー』

『やなこった！　追いつけるなら追いついてみろー』

ノワールをレオとルイが追いかけている。

僕達がいるテーブルの下を走り抜けたと思ったら、テーブルの上に飛び乗り、さらに走り出した。

「こらーっ！　誰が上がっていいって言ったの！　いい加減にしなさい！」

母さんの雷に三匹は一斉にどこかへ隠れてしまった。

母さんはそれだけでは怒りが収まらず、三匹を捜し回っている。

きっと母さんなりに三匹を捜すことで落ち込む気持ちを紛らわせているんだろう。

父さんと僕は顔を見合わせて肩を竦めた。

母さんの怒りのとばっちりを受けないうちにと、ジルとシモーヌがこちらに移動してきた。

どうやらこの二人も追いかけっこに参加していたみたいだな。

妙に息を切らしているのでバレバレだ。

「兄さん、旅に出るんだって？　いろんな名所に行ったり珍しい魔獣とかに遭遇したりするのかな……僕も一緒に行ってみたいけど、今は流石に無理だよね。だからお土産話を楽しみにしてるよ」

ジルらしい言葉に笑みを返す。

ジルはきっと父さん達と同じ冒険者になるつもりなんだろう。

既に体格でジルに負けている僕としては、これ以上差を広げないで欲しいところだ。

「お兄ちゃん。どこにいてもお兄ちゃんは私のお兄ちゃんだからね。怪我したりしないように気を付けてね」

シモーヌも既に僕とは血が繋がっていないことを聞いて知っているはずだ。

それでもこうやって兄と慕ってくれることには感謝しかない。

「ありがとう、シモーヌ……あまり母さん達を困らせるなよ」

シモーヌはちょっと視線を逸らす。

「べ、別に困らせてないわよ」

シモーヌは否定するけれど、最近は父さんを疎ましく思っているような行動が増えたらしい。

どこの世界でも、年頃の娘が父親とぎくしゃくした関係になるのは一緒なんだろうか？

「ノワール。もういい加減に出ておいで。王宮に戻るよ」

呼びかけると、どこからともなくブラックパンサー三匹が姿を現す。

レオとルイを順番に踏み台にして、ノワールは僕の腕の中に飛び込んできた。

「レオ、ルイ。ジルとシモーヌを頼むよ。特にレオはジルと森に行くんだろう？　ジルが無茶をしないように見張っててくれよ」

『任せといてー』

自信たっぷりに請け合うレオにルイがツッコミを入れる。

『とか言ってー。レオの方がジルに止められるんじゃないのー？』

『なんだとー。そんなことないよ！』

『そんなことあるよー』

レオとルイの漫才のようなやり取りに皆は大笑いしている。

皆との別れがしんみりしたものにならないのは、この二匹のおかげだな。

「じゃあね。行ってきます」

ノワールを抱いて魔法陣の上に立つ僕を、皆が見送ってくれる。

「アル、頑張れよ」

「……アル、いってらっしゃい」

涙混じりの父さんと母さんの声に送られながら、魔法陣に魔力を流すと、僕の体は一瞬で王宮に戻っていた。

王宮の自室に戻ると、いつものように侍女のエマが迎えてくれた。

「アルベール様。魔術団長からお届けものが届いております」

テーブルの上に置かれた箱を開けると、魔石が二つ入っていて、手紙が添えてあった。

『転移用の魔石をお届けいたします。もう一つの魔石は目の色を変化させるためのものです。王族だと知られたくない場合には、こちらを使って目の色を変化させてください。ただし、魔力の強い者、たとえば一部の高位貴族などには目の色を変化させたことがわかりますのでご注意ください。それでは、旅のご無事をお祈りいたします』

流石は魔術団長だな。

王族特有の紫の目の色を、どうやって誤魔化（ごまか）そうかと思っていたんだよ。

この世界にはサングラスなんてないし、そんなものを掛けていたら余計に目立っちゃうからね。

早速魔石の効果を試してみる。

魔石を握り魔力を流し込むと、目の辺りがじんわり熱くなった。
鏡を覗いてみると、紫色だった瞳がブルーに変化している。
これだけで随分と印象が変わってくる。
さあ、これで準備は整った。
そうなった以上、一刻も早く旅立つ方がいいだろう。
先延ばしにするとタイミングを逃しそうだ。
「じゃあ、エマ。僕はもう出発するよ」
立ち上がった僕にエマは精一杯微笑んでくれた。
「アルベール様。お気を付けて。お帰りをお待ちしております。ノワールも元気でね」
エマに頭を撫でられて嬉しそうにしているノワールを抱き上げて、僕は自室を出た。
王宮の玄関に行くと、お忍び用の質素な作りの馬車が待ち構えていた。
王都の門まではこれで向かい、そこからは歩いていくと決めている。
馬車に乗り込もうとしたところで僕を呼ぶ声が聞こえた。
「アルベール。あなた、誰にも声をかけないで行ってしまうつもりなの？」
現れたのは母上だった。
走ってきたらしく息を切らしている。

どんな時でも優雅さを忘れない母上に、無作法をさせてしまったみたいだ。

「申し訳ありません、母上。声をかけると別れがつらくなりそうなので、このまま黙って行ってしまおうかと思ったんです」

頭を下げる僕に母上はギュッと抱きついてきた。

「何も言わずに行かれる方がもっとつらいわ。ちゃんとわたくし達に『行ってきます』を言ってちょうだい」

涙声で訴えかける母上に、申し訳なさが募る。

「わかりました、母上。行ってきます」

母上と別れを惜しんでいると、そこへシャルロットと弟王子のリシャール、そして父上までもが顔を出した。

「お兄様。一言声を掛けてくださいな。黙って行かれるなんて酷いですわ」

「そうですよ、兄上。挨拶もなしに行ってしまったら、もう二度と口をききませんからね」

そう言いながらリシャールが抱きついてくる。

口をきかないなんて脅してくるけど、そんなことは絶対にしないとわかっている。

「ごめんね、リシャール。父上と母上の言うことをよく聞くんだよ」

グスン、グスンと泣きじゃくるリシャールを宥めていると、そこへ父上が割って入ってくる。

「アルベール。ノワールがいるから大丈夫だとは思うが、無茶だけはするなよ。危なくなったらすぐに魔石を使って帰ってこい、いいな！」

確かに父上は四人でパーティーを組んでいたから、そんなに危険はなかったかもしれないけどね。

あるいは、無茶しそうになっても母上と母さんがストッパーになっていたのかな。

視界の端に宰相の姿が見えた。

どうやら父上を連れ戻しに来たようだ。

この辺りで出発することにしよう。

「父上、母上。シャルロット、リシャール。それじゃあ、行ってきます」

一人一人とハグを交わして、僕は馬車に乗り込んだ。

馬車の扉が閉まり、ゆっくりと走り出す。

すぐに四人の姿が視界から消えて、馬車は王宮の門を抜けて王都の街並みへ入っていく。

こちらの方角へはまだ来たことがなかったので、目新しい景色に釘付けになった。

やがて馬車は王都の街を出る門に到着する。

馬車が止まり、扉が開いた。

「お気を付けてお降りください」

僕に続いて馬車から降りたノワールが大きく伸びをする。

「ありがとう、行ってきます」

御者に別れを告げて、僕は門に向かって歩き出した。

門番に冒険者カードを見せて王都の街を出る。

このまま歩いていってもいいんだけど……

「ノワール。僕を乗せて走ってくれる？」

人目がなさそうだし、せっかくだからノワールに運んでもらおう。

『いいよー』

あっさり返事をしたノワールの体がみるみる大きくなり、僕を乗せて走れるだけの大きさになった。

僕はノワールの背中に跨り、振り落とされないように保護魔法をかける。

「ノワール。スピードの出し過ぎは駄目だよ。すぐに止まれないと大騒ぎになっちゃうからね」

『わかったー。任せておいて』

ノワールは魔獣だ。

しかも普通のパンサーよりも大きいので見つかったら大騒ぎになってしまう。

なるべく目立たないようにしないと、パトリック先生のような魔獣を密猟しようとする人物がどこかにいないとも限らない。

誰かがいたらすぐに止まって小さくなれるようにしておかないとね。

「よし、じゃあ、出発ー」

こうして僕とノワールの旅が始まった。

第二章　騒動

ノワールの背中に乗って街道を駆ける。

吹き抜ける風が爽快だ。

乗馬なんてしたことはないけれど、きっとこんな気分なんだろうな。

しばらく風を感じていると、「ぐうぅー」という音が聞こえてきた。

「ノワール、お腹（なか）が空（す）いたんだね。どこかで食事にしよう」

体を大きくして僕を乗せて走っているのだから、ノワールのお腹が空くのも当然だろう。

食事にする、と言ってもまだ辺りには街や村は見えない。

森に入って狩りをするしかないようだ。

街道脇に広がる森の中に入り、手頃な空き地を探していると、すぐに開けた場所に出た。

「じゃあ、僕はここで食事の準備をしているから、狩りはノワールに任せるよ」

『うん、任せといて！』

ノワールは体を小さくすると、森の奥に走っていった。

あの小さな体で油断させておき、隙をついて仕留めるつもりだろう。

ノワールが姿を消すと、僕はマジックバッグから調理器具や調味料を取り出した。

この調理器具や調味料は父さんが持たせてくれた。

父さんほど料理は上手くないけれど、調味料があるだけでも違うだろう。

そんなことを考えて準備をしていると、ガサガサッと茂みが揺れた。

身構えると、オークを咥えたノワールが姿を現した。

小さかった体が元の大きさに戻っている。

これだけ大きなオークを仕留めたんだから、その大きさになるのは当然だな。

「お帰り、ノワール。随分と大きなオークを仕留めたんだな」

流石にノワールと僕だけじゃ食べ切れそうにないな。

残ったらマジックバッグに入れておこう。

マジックバッグの中では時間が経過しないので、食べものが腐ることはない。

血抜きをして内臓を取り出した後、皮を剥(は)いで肉を切っていく。ノワールと僕が食べられる分だけを切り落とし、残りはマジックバッグに放り込んだ。

「ノワール。肉は焼くのか？」

よだれを垂らしながら僕がオークを解体するのを眺めているノワールに聞くと、ノワールはベロリと口を一舐めした。

『最初はそのまま食べたいな。後は焼いてー』

ノワールの言葉に僕は苦笑した。

それってまるで、とれたての魚を「最初は刺し身で」って言ってるみたいだな。

もちろん、僕に異存はない。

ノワールが狩ってきてくれたんだから、ノワールの食べたいようにしてやる。

生肉をノワールの皿に入れて差し出すと、美味しそうにかぶりついた。

ノワールが生肉を堪能している間に、他の肉を切り落とし、フライパンに入れて焼く。

肉の焼ける匂いが広がっていき、そこに調味料とソースを加えるとさらに美味しそうな香りが辺りに充満する。

既に生肉を食べ終えたノワールが、期待に満ちた目でフライパンを覗いている。

「ノワール。まだ熱いから気を付けろよ」

ノワールの皿の中に肉を入れて、風魔法を使い少し冷ましてやると、おっかなびっくり肉をペロペロと舐めている。

僕は熱々の肉をパンに挟んで即席のサンドイッチにする。

ちゃんとしたキッチンがあればオークカツにしたかったんだけどね。

『アルー。喉が渇いたー』

肉を食べ終えたノワールに言われて、飲みものがないことに気付いた。

ノワールの皿を魔法で綺麗にして、水魔法で水を入れてやる。

ノワールはピチャピチャと器用に舌で水を掬って飲みだした。

僕もコップに水を満たして飲む。

お腹はいい具合に膨れてきたし、日差しも暖かいので思わずウトウトしそうになる。

実際ノワールは気持ちよさそうに寝てるけどね。

流石に初日から野宿はしたくないな。

王都に隣接しているフォンタニエ侯爵領の街は今日中に着ける距離にある。

もう少しノワールには頑張ってもらおう。

「ノワール。寝てるところ悪いけれど、今日中に街に着くようにするよ。ほら、起きて」

ノワールを揺すり起こすと、大きく伸びをした後で大欠伸をした。

『わかったー。頑張るよ』

手早くその場を片付けて、元の街道へ戻り、またノワールの背中に跨がる。

街道を走っていると、遠くの方に塔のようなものが見えてきた。

どうやら街に近付いてきたようだ。

そろそろノワールを小さくして歩かないと駄目だろうな。

そう思っていると、道の向こうに人影が見えた。

「ノワール。僕は降りて歩くよ。君ももう小さくなっておいて」

ノワールを連れて歩き出すと、何か叫び声のような音が聞こえた。

「何かあったみたいだ。行ってみよう」

一緒に走り出したところで、向こうから土煙を上げて何かが駆けてくるのがわかった。

それに叫び声もはっきりしてくる。

「暴れ馬だー！　気を付けろ！」

「誰か、その馬を止めてー！」

男の声に続いて、女の人の叫び声が聞こえた。

こちらに向かって駆けてくるのは、白い馬とそれに跨っている人の姿だった。

その後ろをさらに人の乗った二頭の馬が追いかけてくる。

白い馬に乗っている人は、振り落とされないように必死にしがみついている。

確かにあのスピードで走っている馬から落馬したら無事ではすまないだろう。

「ノワール。あの馬に話しかけられる？」

ひょっとしたら動物同士で意思の疎通ができるかもしれないと思い聞いてみると、『やってみるー』と返事が返ってくる。

しばらくの沈黙の後、ノワールがこう言った。

『カエル、取ってー。だって』

は？　カエル？

『あのお馬さんね。鼻の上にカエルが飛び乗ってきたんだって。振り落とそうと顔を振っても落ちないから走り出したんだって。それでも落ちないからパニックになってるみたい』

ノワールの話を聞いて、視力を魔法で強化して近付いてくる白馬を見ると、確かに鼻面の上に緑色のものが見える。

「わかった。僕が取ってあげるから止まるように言って」

ノワールの言葉が届いたのか、白馬が徐々にスピードを落とし、僕の前で止まった。

鼻の上のカエルを取ってやると「ヒヒーン」と嬉しそうに鳴いた。

見た目は元の世界のアマガエルに似ているな。子どもの頃、捕まえて持ち帰ってはよく母親に怒られたっけ。

手の中のカエルを森に向かってポンと投げると、そのままぴょんぴょんと飛び跳ねてどこかへ行ってしまった。

あれだけ馬に暴れられてもくっついていられたんだから、きっとしぶとく生き延びるだろう。

僕は白馬の背中にしがみついている人物に声をかけた。

「大丈夫ですか？」

馬上の人物は僕の声に驚いたようにパッと体を起こした。

うわぁ～、白馬の王子様だぁ。

僕と同じくらいの年で、薄い金髪を腰の辺りまで伸ばして後ろでひとまとめに括っている。服装は長袖の白いシャツに乗馬用のズボンという軽装だが、高級品なのが見て取れる。

もしかしてフォンタニエ侯爵家の人間かな。

まじまじと見てしまったせいか、勝ち気そうなグリーンの瞳が僕を見据える。

「大事ない。君が馬を止めてくれたのか。礼を言う」

……とても礼を言っているようには聞こえないけどね。

僕は苦笑いして、いえいえ、と首を振った。

そこへ二頭の馬が追い付いてきて止まった。

「リュシー様、ご無事ですか？」

馬に乗っているのはどうやら護衛騎士達のようだ。

リュシーと呼ばれた人物は、彼らを無視して開口一番にこう告げた。

「こいつは駄目だ。すぐに処分しろ！」

処分って、その馬を殺すってこと？

そりゃ人を乗せて制御が効かなかったのは問題だけど、何も殺さなくてもいいじゃないか。

「ちょっと待ってください！　処分なんて可哀想ですよ」

僕が割って入るとリュシー君が怪訝な顔をした。

「何が可哀想なんだ？」

「だって処分って、殺しちゃうってことでしょ？」

「な、何を言っている！　もう私の馬として飼ってやれないから、他へ下げ渡せということだ。君のその思考こそ物騒ではないか」

処分イコール殺すことではなかったようだ。

リュシー君の指摘に僕は身を縮こまらせる。

早とちりしてしまって申し訳ない……いや、でもそう聞こえてもおかしくないよね。リュシー君の言い方も悪いと思うんだけど。

そこへ後ろから走ってきた女の人がようやくこの場にたどり着いた。ずっと走ってきたらしく息も絶え絶えだ。

「ハァ、ハァ。リュシー様。ご無事ですか？　もうお屋敷にお戻りくださいませ……おや、どちら様ですか？」

どうやらリュシー君の侍女らしい。僕を見咎めて警戒の目を向けてくる。

「冒険者をしているアルと申します。先ほどこの白馬が暴れていたのを見かけて助けに入らせていただきました」

リュシー君がそれを聞いて仏頂面で頷いた。

「相応しい礼をしなくてはな。何が欲しいか考えておいてくれ」

そんなことを言われても……いや、待てよ。

「……それなら、よければこの馬を譲ってもらえませんか？」

さっきからノワールとこの白馬が仲よさそうに鼻を擦り合わせているんだよ。

『えっ？　この馬もらっちゃうの？』

ノワールは僕を乗せて走らなくてよくなるのが、嬉しいような残念なような複雑な顔をしている。

一方の白馬の方は、ノワールと一緒にいられるのが嬉しいようだ。尻尾をブンブン振って喜んでいる。

リュシー君達はノワールが喋ったことに驚いていたが、すぐに平静を取り戻した。

「構わない。ノエラ。屋敷に戻って手続きをしろ」

そう言ってリュシー君はひらりと白馬から飛び降りると、護衛騎士の一人に向かって「降りろ」と告げた。

護衛騎士が馬から降りると、リュシー君は軽々とその馬に飛び乗った。

「私は一足先に戻る」

そう言い残すと馬を駆って走り出した。

もう一人の護衛騎士が慌てて後を追いかける。

残された護衛騎士と侍女は揃(そろ)ってため息をついた。

どうやら普段からリュシー君に振り回されているようだ。

「ノエラ。私達も戻りましょう。お疲れでしょうから乗ってください」

護衛騎士が侍女を白馬に引き上げて乗せた。

「アル君と言ったな。君もついてきなさい。お屋敷で譲渡の手続きをしよう」

護衛騎士が白馬の手綱(たづな)を引いて歩き出したので、僕とノワールもその後をついていった。

やがて侯爵領の街に入る門が見えてきた。

前の二人はそのまま何事もなく門の中へ入っていく。

顔パスかぁ。

僕は、と言うと冒険者カードを提示して、中に入れてもらう。

街の中心に近づくと、大きな屋敷が見えてきた。

どうやらあれが侯爵家のようだ。

護衛騎士の後ろから現れた僕に、門番達が警戒心を露わにする。

「待て！　そいつは誰だ！」

ここでも身分証の提示を余儀なくされる。

まあ、見ず知らずの人物だから警戒されるのは当然だよね。

「リュシー様がこの馬を譲ると決められた方です。お屋敷で手続きをするためにこちらにいらっしゃいました。譲渡証明書を書かないと後々面倒なことになりますからね」

侍女の言葉に納得した門番は、門を開けて僕達を通してくれた。

玄関先で馬を降りると、馬丁が出てきて白馬を預かってくれた。

ノワールは仲よくなった白馬と一緒に馬丁についていってしまう。

肝心なところで薄情なんだよね。

僕は侍女に先導されて屋敷の中へ足を踏み入れた。

応接室に通された僕がソファーに腰掛けると、お茶が用意される。

「今、奥様をお呼びしますのでしばらくお待ちくださいませ」

そう言い残すと侍女は応接室を出ていった。

ここの侯爵は王宮勤めをしていて、普段は領地に居ないんだっけ。

だから侯爵夫人が対応してくれるのだろう。

ゆったりとお茶を味わっていると、扉が開いて侯爵夫人が姿を現した。

「お待たせいたしました。アルベール王子」

僕に向かって優雅にお辞儀をした侯爵夫人がにっこりと微笑んだ。

なんでバレてるの？　王族特有の色の目には魔法をかけているのに。

いきなり自分の名前を告げられて、僕はどう反応すべきか迷った。

「はい、そうです」と認めるべきか、「違います」としらばっくれるべきか、どうしよう。

迷っているうちに侯爵夫人は僕の向かいに腰を下ろし、優雅に笑った。彼女も薄い金髪で金色の瞳をしていた。年は母上と同じくらいかな。

「ご挨拶が遅れて申し訳ございません。ドミニク・フォンタニエ侯爵の妻、ブリジットと申します。以後お見知りおきを」

向こうが名乗った以上、こちらも名乗らないわけにはいかないだろう。

「アル、と申します。よろしくお願いします」

もう正体はバレているようだけど、冒険者として旅を始めた以上、本名を名乗るのは止めにした。

ちなみに、これからの旅路でもそうするつもりだ。王子と知らずに相手が粗雑(そざつ)な対応をしたからといって不敬罪に問うこともしないし、父上も特に問題にしないと言っていた。

もっとも、命を狙ってきた場合には容赦しないだろうけどね。

王子と名乗らなかったことで侯爵夫人がどういう反応をするかと思ったが、彼女はただ笑みを返すだけだった。

「失礼いたしました。ですがアルベール王子の目にかけられた魔法は、ある程度の魔力を持った者にとっては簡単に見破れてしまうものですわ」

ああ、そうだった。

魔術団長にも手紙で言われていたっけ。

この目の魔法は高位貴族なんかには見破られてしまうって。

「それに、お昼前に王妃殿下から連絡をいただきましたの。『息子がフォンタニエ領に向かったようだから、よろしくね』と」

連絡って、もしやあのテレビ電話みたいな魔導具を使ったのかな。

僕が王子だと発覚して王宮に連れていかれた後で、下町に戻る際に魔術団長に開発してもらった魔導具がある。あれのおかげで下町一家と王家が話し合う機会ができたんだっけ。

その後、魔導具の改良が進み、どんどん汎用性が増して、ついには王都の外の人とも会話ができるようになっていた。

その開発を率先してやったのが、何を隠そう僕の恩師、リオネル先生だったのだ。

そのうち携帯電話なんて開発したりしないよね。

そんなものを開発された日には、親四人から四六時中電話がかかってきそうだ。

まあとにかく、あの連絡用魔導具がこの侯爵家にもあるってことだな。

確かにそれぞれの領地に連絡用魔導具を配置するのは当然だろう。

緊急事態が起こらないとも限らないし、王宮への呼び出しも素早くできるから、これ程便利なものはないだろうしね。

つまり、今日僕がこのフォンタニエ侯爵領を訪れることは周知の事実だったという訳か。

「今日、僕がここに来ることはみなさんご存じだったんですね」

お忍び旅のはずだったのにな、と思ってため息をついたが、侯爵夫人は「いいえ」と首を振った。

「誰にも伝えておりませんわ。それに王妃殿下からは、特別な歓迎は必要ないと言われましたの」

つまり先程会った人達は、僕が王子だとは知らなかったということか。

「そういえばアルベール王子は我が家の馬をご所望だと伺ったのですが、間違いございませんか？」

侯爵夫人に問われて、先程リュシー君と交わした話を思い出した。

「はい、そうです。ご子息が乗られていた馬を他へ下げ渡すと言われたので、僕がもらいたいと言ったんです」

あんなに綺麗な白馬をたった一度の粗相で下げ渡すなんてもったいないよね。

それに、人目があるところではノワールに乗れないことを考えると、今後の旅に馬がいて困ることはない気がする。

そんなことを考えていたが、侯爵夫人は僕の言葉に首を傾げた。

「ご子息？」

あれ？

リュシー君って、この侯爵家の人間じゃなかったのだろうか？

いや、でもさっき門番にノエラさんが『リュシー様が』って言ってたよね。

「先程、リュシーって人に会ったんですけれど、こちらの息子さんじゃないんですか？」

侯爵夫人の子どもでなかったら、侯爵の年の離れた弟とかだろうか？

でも、この薄い金髪がそっくりだし、顔もかなり似ているような……

どう対応していいかワタワタしていると、侯爵夫人はこめかみに手をやり、頭痛を堪えるように呟いた。

「まったく、あの子ったら……」

そこへ扉をノックする音がして、先程のノエラさんが現れた。

「ご用意ができました」

「通してちょうだい」

侯爵夫人の許可にノエラさんは頷くと、扉の陰から一人の人物を招き入れた。

現れたのは薄い金髪を腰まで下ろし、綺麗なドレスに身を包んだリュシー君だった。

勝ち気そうな瞳はそのままだが、リュシー君は僕を見つめて優雅に微笑んだ。

「ご紹介しますわ。我が家の一人娘のリュシエンヌです」

えっ！

リュシー君って男の子じゃなくて女の子だったの？

驚いている僕を尻目に、リュシー君、いやリュシエンヌ嬢はしずしずとソファーに歩み寄り、侯爵夫人の隣に腰を下ろした。

先程の乗馬服での活発な様子とは一変して、貴族令嬢としての優雅な立ち振る舞いに目が釘付けになる。

「アルベール王子にお見苦しい姿をお見せしたようで誠に申し訳ございません。もう学校も卒業したのですから、あのような姿をするのは止めなさいと言っているのですが……」

侯爵夫人はまたもこめかみを押さえているが、当のリュシエンヌ嬢はまるで意に介さないとばかりに涼しい顔をしている。

小さい頃からよく男の子の格好をしては、馬を乗り回して領地を走り回っていたそうだ。

いわゆるじゃじゃ馬……もとい、活発な女の子だったらしい。

「はじめまして、アルベール様。同級生ですので学校では何度かお見かけしたことはありますけれ

ど、こうしてお話しするのは初めてですわね。どうかよろしくお願いしますわ」

リュシエンヌ嬢が僕に笑いかける。頬のえくぼが可愛らしい。

こんなふうに同年代の令嬢に笑いかけられるなんて、妹のシャルロット以外では初めてだ。

なんだか凄くドキドキして、頬が緩みそうになるのを必死で堪える。

「はじめまして、リュシエンヌ嬢。アルと呼んでくださって構いませんよ」

僕も笑顔で挨拶を返すと、リュシエンヌ嬢はちょっと目を見張ったがすぐに笑みを深めた。

僕と同い年って言うけれど、見覚えはないな。

僕は平民として学校に通っていたから、貴族枠で通っていた彼女とは授業も被っていないしね。

「リュシエンヌ。折角だからアルベール王子にお庭を案内して差し上げなさい。アルベール王子。手続きはわたくしがしておきますから、リュシエンヌとお庭にいらしてくださいな。この土地特有の花も咲いておりますのよ」

僕とリュシエンヌ嬢は追い立てられるように応接室の外に出た。

そのままリュシエンヌ嬢に案内されて、侯爵家の中庭へ連れ出される。

なんだ？

これってお見合いみたいだな。

お見合い？

まさか……

あり得なくはない。

王子とわかってから、いつかは親の決めた婚約者が現れたり、婚約者を決めるためのパーティーが開かれたりするのかと思っていた。

しかし、実際にはそんなことはなく、未だに僕には婚約者どころか親しい女友達すらいない。

つまり、父上達が僕の旅を許可したのは、訪れる先々の貴族領の中から結婚相手を見つけさせるためでもあったのだろう。

そりゃまぁ、年頃の女の子を集めて「この中から決めろ」と言われるよりはいいかもしれないけどね。

僕の思い込みかもしれないけど、また父上達に騙された感じがして少しむっとする。いや、でもこうしてリュシエンヌ嬢と話す機会ができたのは嬉しいな。

「……一度は諦めたのに……」

僕の少し前を歩くリュシエンヌ嬢が何かを呟いたが、僕の耳には届かなかった。

「何かおっしゃいました？」

僕に向けられた言葉かと思って聞き返したが、リュシエンヌ嬢は慌てたように首を横に振った。

「いえ、なんでもありませんわ。それより退屈でしょう？　会ったばかりのわたくしと庭を歩くなんて……」

どうやら僕のことを気遣ってくれているようだ。

花にはあまり興味はないけれど、こうやってリュシエンヌ嬢と庭を散策するのも悪くはない。

できればもっと彼女の笑顔が見たいな。

……なんてことを考えているんだ、僕は。

旅に出た初日から女の子にうつつを抜かすなんて、何をしてるんだって怒鳴られそうだ。

「そんなことはありませんよ。それにしても先程の格好を見て、てっきり男の子だとばかり思っていました。申し訳ありません」

僕の謝罪にリュシエンヌ嬢はクスクスと笑う。

「わたくしの方こそ騙すような真似をして申し訳ありません。あの場でアルベール様のことを他の者に知らせてよいものか迷ったものですから、男の振りをしておりました。他の者もそのように振る舞っていましたし……」

あの場に僕がいたので、ノエラさん達もリュシエンヌ嬢が女の子であることを隠していたのだろう。ノエラさんのあの目は、見知らぬ僕がリュシエンヌ嬢に不埒なことをしないかと警戒していたに違いない。

「母からはもう止めるように言われているのですけれど……上に兄が二人いるものですから、小さい頃から兄達と同じ格好をして遊びまわっておりましたの。学校に入ってからはめっきり減りましたけど、時々羽目を外したくなりますのよ」

こうしておしとやかなリュシエンヌ嬢もいいけれど、先程の乗馬服の凛とした彼女も素敵だったな。

「よかったら今度、一緒に乗馬でもどうですか？　と、言ってもまだ僕は乗馬なんてしたことはないんですが……」

リュシエンヌ嬢は一瞬、きょとんとした後で、プッと吹き出した。

「乗馬をしたことがないのですか？　それでよく先程、わたくしに馬を譲れとおっしゃられましたわね」

コロコロと笑う彼女の頬に片えくぼができる。

その笑顔が可愛くてずっと見ていたくなる。

「いつもはノワールの背中に乗せてもらっているから、馬も乗れるかと思ったんですよ。よければ僕に乗馬を教えてもらえませんか？」

「……わたくしでよければ喜んで……」

少し躊躇った後でリュシエンヌ嬢は答えてくれた。

ふと僕と彼女の視線が合う。

その瞳に搦め捕られるように、彼女に向かって足を踏み出しかけたその時。
『アルー！　どこー！』
ノワールの僕を呼ぶ声が屋敷中に響く。
僕とリュシエンヌ嬢は、はっと我に返ったように距離を取った。
「ノワール。ここだよ」
声をかけるとすぐにノワールが僕の側に姿を現した。
『捜したよ、アル。お話は済んだの？』
このしたり顔、こいつは絶対にわかってて僕の邪魔をしたよね。
リュシエンヌ嬢の興味が僕からノワールに移っている。
「あなたがノワール？　可愛いわ。触ってもいいかしら？」
女の子に目が無いノワールが断るわけがない。
ゴロゴロと喉を鳴らし、リュシエンヌ嬢に体を擦り寄せている。
もうっ！
僕の恋路の邪魔をするなよ。

一通りリュシエンヌ嬢に撫でられてノワールはようやく満足したようだ。

『アルー。お腹空いたー』

リュシエンヌ嬢がいるせいか、ノワールがいつもより甘えた声を出す。

そんなふうに甘えられると、僕も邪険にできないだろ。

「あらあら。それじゃ、料理長に何か作ってもらいましょうか？　ノワールは何が食べたいの？」

リュシエンヌ嬢に問われてノワールが尻尾をブンブンと振っている。

『新鮮なお肉ならなんでもいいよー。あ、もちろん焼かないでね』

遠慮を知らないやつで申し訳ない。飼い主の躾が行き届いていないのが丸わかりだ。

「ノワール、ちょっとは遠慮しろよ。すみません、リュシエンヌ嬢。後でよく言い聞かせておきますから……」

リュシエンヌ嬢がニコニコ笑いながらノワールの頭を撫でる。

「とんでもありませんわ……それに、よろしければアルベール様も夕食を一緒にいかがですか？」

リュシエンヌ嬢の期待に満ちた視線が僕に注がれる。

僕の思い込みでなければ、リュシエンヌ嬢は僕に好意を寄せているようだ。

そういう僕自身も、もっと彼女と親しくなりたいと切望している。

「ご迷惑でなければ喜んで」

彼女がはち切れんばかりの笑顔を見せる。

この先もずっとこの笑顔を見ることができたらどんなにいいだろう。

「そろそろ戻りましょうか？　ノワールも行こう」

そう言って手を差し出すと、少し躊躇っていたリュシエンヌ嬢はおずおずと僕の手に自分の手を重ねてきた。

彼女をエスコートして先程の応接室に戻るのを、屋敷の使用人達が微笑ましいものを見るような笑顔で見てくる。

ノワールを引き連れてリュシエンヌ嬢をエスコートして応接室に戻ると、僕達を見た侯爵夫人が満足そうに頷く。

「アルベール王子。いえ、アルベール様とお呼びした方がよろしいですわね。そちらが従魔のブラックパンサーですか？」

僕とリュシエンヌ嬢の後に入ってきたノワールを、侯爵夫人が珍しそうに見ている。

「そうです。すみません、勝手にお屋敷の中に入れてしまいました」

「構いませんわ。それにアルベール様がブラックパンサーを連れていることは貴族の間では有名ですから、一度見てみたいと思っておりましたの。触ってもよろしいでしょうか？」

フォンタニエ侯爵が、時々王宮でノワールを見かけたという話を侯爵夫人にしていたそうだ。

そんなふうに話を聞かされたら、見たいと思うのは仕方ないよね。

ノワールは侯爵夫人に近寄って、ちょこんと座ると小首を傾げる。

「まぁ、なんて可愛いのかしら」

ノワールってば、相変わらず女性の前では猫を被るのが上手いよね。

侯爵夫人がノワールに夢中になっているうちに、リュシエンヌ嬢は侯爵夫人の隣に、僕はその向かい側に腰を下ろした。

正面に座るリュシエンヌ嬢をじっと見つめると、彼女は少し恥ずかしそうに目を伏せた後、侯爵夫人に話しかけた。

「お母様。アルベール様を夕食にご招待したのですけれど、よろしかったかしら？」

ノワールの頭を撫でていた侯爵夫人は、リュシエンヌ嬢の勝手な行動に怒るどころか諸手を挙げて喜んだ。

「もちろんですとも。アルベール様。お部屋をご用意いたしますので、本日はぜひ我が家にお泊まりくださいませ」

夕食を御馳走になる上に侯爵家に泊まるなんて、流石にそこまでしてもらうのは気が引ける。

「いえ、夕食はともかく、いきなり訪問した上に泊めていただくのは申し訳ないです」

そう言って断ると侯爵夫人が悲しそうな表情で僕を見つめる。

「まぁ、アルベール様。あなた様を我が家に泊めずに街の宿に泊めたと他の貴族に知られたら、

『アルベール様を泊めることもできないのか』と笑われてしまいますわ。どうか我が家の顔を立てると思ってお受けくださいませ」

そんなふうに侯爵夫人に懇願されると、無下にする訳にはいかなくなる。

ここで僕が断ると、他の貴族に噂されるだけでなく、侯爵夫人が夫であるフォンタニエ侯爵に叱られる羽目になるだろう。

いろいろと面倒臭い貴族社会ではあるが、僕自身もその中で生きていく以上、慣れなくてはいけない。

「わかりました。それではお言葉に甘えて本日はお世話になります」

侯爵家にお世話になると告げると、侯爵夫人はホッとしたような笑顔を見せた。

「ありがとうございます、アルベール様。それでは夕食の準備が整うまで湯浴みとお着替えをなさってくださいませ」

侯爵夫人がテーブルの上に置かれたベルを鳴らすと、侍女と従者が応接室に入ってくる。

「アルベール様。それではこちらへどうぞ。ノワール様はどうなさいますか?」

侍女に問われてノワールはプルプルと首を横に振った。

『僕はここで待ってるよ。アル、いってらっしゃい』

ノワールはソファーに飛び乗ると、ちゃっかりリュシエンヌ嬢の隣に行き丸くなった。

ノワールの体をリュシエンヌ嬢が優しく撫でている。

湯浴みはともかく着替えって、侯爵家で何か服を貸してもらえるってことかな。

流石に今着ている服で夕食の席に着くわけにはいかないのはわかる。

僕が持ってきた着替えは全て軽装で、貴族との食事の席で着るようなものではない。

侍女達に連れられて浴室へ案内される。

自分で洗えるからと手伝いを固辞すると、従者が着替えの入った箱を差し出した。

「下着を着けられたらお呼びください。後はお手伝いいたします」

そこに入っていたのは王宮にあるはずの新しく誂えた僕の衣装だった。

なんでこれがここにあるんだ？

湯船に浸かりながら、あの衣装を仕立てた時のことを思い返していた。

あれは確か留学から戻ってすぐの時期だった。

父上にもう一度五年生として学校に通うように告げられ、気落ちして執務室を出ると、エマに今度は母上のところに連れていかれた。

エマに扉を開けてもらい、母上の部屋に足を踏み入れかけた僕は即座にUターンしようとして、後ろにいたエマに阻止された。

「アルベール。挨拶もなしにわたくしの部屋を出ていくつもりですか？」

母上の厳しい声に、僕は引きつりそうな顔を笑顔に修正した。

「とんでもありません、母上。ただいま戻りました……お客様がいらっしゃるようなので僕はこれで失礼します」

そう言って母上の部屋を退出しようとしたが、扉は開かなかった。

エマが扉の向こうで開かないように押さえているらしい。

「アルベール。どこへ行くつもりですか？　大人しくしていればすぐに終わるのだから、無駄な抵抗はおやめなさい」

母上に一喝（いっかつ）された僕は抵抗を諦めて、母上の側にいた女性達のもとに向かった。

母上と一緒にいたのは仕立て屋の女主人とデザイナーの女性だった。

彼女達には僕が王宮に戻ってからずっと、僕の衣装を作ってもらっている。

母上の部屋に彼女達がいるのを見て、また衣装を作らされると思ったので慌てて退出しようとしたが、叶（かな）わなかったのだ。

手早く僕の体の採寸が行われ、母上とデザイナーが何やら相談をしていた。

その数日後に仮縫（かりぬ）いがあったので、衣装の色も覚えていた。

今思い返すと、リュシエンヌ嬢の髪の色と瞳の色が衣装に使われている。

母上はどういうつもりでこの衣装を作ったのだろう？

僕がここへ泊まることになったのは偶然？

……じゃないな。

騎士団長と話をしていた時に、「王都の人間の介入を拒んだ土地には注意」するように言われた。

その後で、こうも言われた。

「隣のフォンタニエ侯爵領は公園ができておりますので、安心して訪問できると思いますよ」

騎士団長のその一言で、「最初だからそういう場所の方がいいな」と思ったのは事実だ。

それとなく誘導されていたとなると、いよいよお見合いの可能性が真実味を帯びてきたな。

まあ、道中でリュシエンヌ嬢に会ったのはやはり偶然だと思うんだけどね。

考えていても仕方がない。

僕はさっさと湯船から出ると、体を拭いて下着を身につけた。

「お願いします」

僕が声をかけると、さっと従者が入ってきて、手早く衣装を着付けてくれる。

いざ衣装を着てみると、やはりリュシエンヌ嬢を思わせる色があちらこちらに使われていて妙に恥ずかしい。

着付けが終わるとまた先程の応接室へ案内された。

そこにリュシエンヌ嬢はいなくて、ノワールだけがソファーに寝そべっていた。

「あれ？　ノワールだけなの？」

隣に腰を下ろすと、チラリとノワールは顔を上げた。

「着替えてくるって、二人で出ていったよ。アルの服、かっこいいね。あ、リュシーの色が入ってるー」

ノワールにも気付かれるなんて、やはりこの衣装はリュシエンヌ嬢と会うための衣装なんだろうか。

しばらく待たされた後で、ノワールとともに食堂へと案内される。

食堂に入ると、既に侯爵夫人が座っていた。

「お待たせいたしました、アルベール様。こちらへどうぞ」

侯爵夫人の右側の席に座るが、リュシエンヌ嬢はまだ姿が見えなかった。

ノワールは食堂の片隅で生肉をがっついている。食べ終わったら、すぐそばに寝転がるためのクッションも置かれていた。

程なくして扉が開き、リュシエンヌ嬢が姿を現し、僕の真向かいに腰を下ろす。

先程とは違うドレスを身につけているが、そのドレスには、僕の髪の色と瞳の色が使われている。

それにデザインがほぼ同じ……いわゆるペアルックというやつか？

僕の服を仕立てた商会がリュシエンヌ嬢のドレスも手掛けたのだろう。

いずれ僕とリュシエンヌ嬢を引き合わせるつもりで母上が準備させたものに違いない。

ということは、侯爵夫人もこの件に関わっているのだろう。

僕がドレスに釘付けになっていると、リュシエンヌ嬢も僕の衣装を見て、少し照れたように頬を染めていた。

侯爵夫人だけが僕達を見比べて満足そうな笑みを浮かべている。

きっと後で母上に嬉々として話すつもりだろう。

グラスに飲みものが注がれ、侯爵夫人が乾杯の挨拶を告げる。

「アルベール様。本日はようこそおいでくださいました。お会いできる日をずっと楽しみにしておりました。これからもよろしくお願いいたします」

母上達の思惑に嵌(は)められるのはやはり癇(かん)に障(さわ)るが、リュシエンヌ嬢に出会えたことは素直に感謝したい。

この先、彼女と親密になれるかどうかはわからないけれど、いい関係を築ければ嬉しい。

食事は滞(とどこお)りなく終わり、食後のお茶をいただくことになった。

ここで僕は疑問に思っていることを侯爵夫人に問うてみた。

「ところで侯爵夫人。僕が着ている衣装はいつこちらに届いたのでしょう？」

いくら侯爵領に向けて出発したとはいえ、前もって衣装がこちらに届いていたとは思えない。

侯爵夫人は僕の質問になんでもないことのように微笑んだ。

「アルベール様が屋敷に到着されたと聞いてすぐ、王妃殿下にお伝えした時ですわ。我が家には王妃殿下と品物をやり取りできる転移陣がありますの。王妃殿下とわたくしがお願いしたら兄が設置してくれましたわ」

なんと、侯爵夫人は魔術団長の妹だそうだ。しかも母上と友人だという。

よくある「子ども同士、結婚したらいいわね」みたいな話をしていたんだろうか？

いろんな意味で疲れた僕は、その夜ぐっすりと休んだ。


翌朝、僕は目を覚ますと身仕度を整えて食堂へ向かった。

今朝は侯爵夫人はおらず、僕とノワールとリュシエンヌ嬢のみでの食事だった。

「アルベール様。本日は乗馬をお教えするということでよろしいのでしょうか？」

食後のお茶を飲んでいる時にリュシエンヌ嬢に問われて、僕はちょっと迷った。

昨日は半ば勢いでそう言ってしまったが、リュシエンヌ嬢に何か予定があったりしないだろうか。

「リュシエンヌ嬢のご都合がよろしければ、ぜひお願いしたいと思いますが、何かご予定があるのでは？」

リュシエンヌ嬢は少し恥ずかしそうに首を横に振った。

「特に予定はありませんわ。学校を卒業してからはずっと家におりますの……その、花嫁修業で……」

……花嫁修業……

その言葉に妙に反応してしまう。

落ち着け、アルベール。

リュシエンヌ嬢は何も僕の花嫁になると決まっているわけではないんだぞ。

僕は何気ない振りを装って、リュシエンヌ嬢にお願いをする。

「ご予定がないのでしたら、ぜひ乗馬を教えてください。折角馬を譲っていただいても乗れないのでは意味がありませんからね」

僕のお願いをリュシエンヌ嬢は快く引き受けてくれた。

「わたくしに教えられることがあるのでしたら、喜んでお教えいたしますわ」

着替えてくるというリュシエンヌ嬢を待っている間に、僕は先に厩舎へ案内される。

ノワールは昨日既に行った場所なので、僕よりも先に玄関を飛び出していった。

昨日、仲よくなった白馬によっぽど会いたかったのだろう。

厩舎には昨日の白馬の他にも侯爵家の人が乗る馬や、護衛騎士達が乗る馬などがいた。

侯爵夫人も領地の見回りなどで乗馬することがあるらしい。

馬丁（ばてい）と話をしていると、ノエラさんを伴（ともな）ってリュシエンヌ嬢が姿を現した。

昨日初めて会った時と同じように長い髪を後ろでひとまとめにして、乗馬服を颯爽（さっそう）と着こなしている。

ノエラさんは僕の監視役としてついてきたのだろう。

貴族の未婚女性が男と二人きりなんて、外聞が悪いからね。

「お待たせいたしました、アルベール様」

リュシエンヌ嬢ににっこりと微笑まれて、僕も笑みを返す。

相変わらずあの片えくぼが可愛い。

早速白馬のところへ行こうとしたら、リュシエンヌ嬢がスッと僕の袖を引っ張った。

何事かと思い、リュシエンヌ嬢を振り返ると、彼女はガバッと頭を下げる。

「アルベール様。昨夜は申し訳ありませんでした。まさか母達があのような衣装を作っているとは知らず……ご不快だったのではありませんか？」

昨夜のペアルックのような衣装には驚かされたが、決して不快だったわけではない。

だけど何故リュシエンヌ嬢が謝るのだろうか？

「頭を上げてください。驚きはしましたが、決して不快だったわけではありません。少し恥ずかしい思いはしましたが……あ、いや、それよりどうしてリュシエンヌ嬢が謝るのですか？」

リュシエンヌ嬢は顔を赤らめながら話してくれた。

まだ僕が王子だと判明する前に、学校で僕を見かけて気になっていたらしい。

しかし、身分差があるため諦めていたところに、僕が王子だとわかってもしかしたらと期待していたそうだ。

だけど僕はそのまま平民として学校に通っていたため交流の機会はなく、さらに五年生で留学してしまったため絶望したそうだ。

「シャルロット様がデュプレクス王国の王子様とご婚約されたでしょう。ですからアルベール様もあちらの国で婚約者を決められるのかと思っておりましたの。それでしばらく気落ちしておりましたら、母と王妃殿下が理由を聞いてきたので……」

リュシエンヌ嬢の思いを知った母上がリュシエンヌ嬢にこう告げたそうだ。

『二人を無理矢理婚約させるつもりはないけれど、二人が会える機会があればその時に着る衣装を作りましょう。あとは当人達の気持ち次第ですわね。アルベールは少しは強引に意識させないと、女性と知り合う機会を自分から作りそうもないし……』

……確かに母上の言う通り、僕から女性と親しくなんてしそうにないな。

だからってあんな衣装を作らなくってもいいと思うんだけどね。

こうなりゃ覚悟を決めるか。

僕はそっとリュシエンヌ嬢の手を取った。

「リュシエンヌ嬢。旅に出ると決めたばかりの僕がこんなことを告げるのは甘いと言われるかもしれません。ですが僕はあなたのことをもっと知りたいと思っています。僕と付き合っていただけますか？」

付き合うと決めた以上、このまま婚約の流れになるのは目に見えている。

それでもあえてそう告げたのは、他の誰かに彼女を取られたくないと思ったからだ。

リュシエンヌ嬢は驚きつつも僕の申し出を受け入れてくれた。

やれやれ、結局は母上のいいように踊らされたのかな。

そのままリュシエンヌ嬢をエスコートして、厩舎の中にいる白馬のところへ向かった。

ノワールがかなり小さくなって白馬の上に乗っかっている。

『あ、やっと来た。アル～。早く名前付けてって言ってるよ』

どうやら白馬にはまだ名前がなかったようだ。どんな名前にしようかな。

白馬の顔に触れて「ブロン」と呟いた途端、ずわっと大量の魔力が吸い取られた。

これは、従魔契約？　ブロンって、もしかして魔獣だったのか？

いきなり大量の魔力を吸い取られたせいで、立ちくらみを起こしたらしく、ぐらりと体がふらついた。

「アルベール様！」

リュシエンヌ嬢が慌てて僕の体を支えてくれようとする。

僕はそばにあった柵に掴まりなんとか転倒を免れた。

「ああ、大丈夫です。少し魔力を吸い取られ過ぎたみたいです」

ノワールの時はこれ程魔力を吸い取られることはなかった。ノワールはまだ小さかったからそれほど魔力がいらなかったのだろう。

ブロンは成獣と言っていいくらいの大きさだから、魔力もそれなりに必要だったのだろうか。

立ちくらみが少し治まって、ブロンを見やった僕の目に信じられないものが飛び込んできた。

ブロンの背中に翼？

慌てて目を擦ってみてもやはりそこには翼があった。

ブロンってペガサスだったのか⁉

リュシエンヌ嬢も驚きのあまり言葉を失っている。

僕とリュシエンヌ嬢が驚いているうちに、ノワールとブロンは仲よく会話をしていた。

『ブロン。すごーい。羽が生えたよ』

『やったー！　やっと一人前になれたよ。ありがとう、アル』

僕の魔力を取り込んだせいか、ブロンも僕達と会話ができるようになっていた。

「ブロン。君ってペガサスだったのか？　リュシエンヌ嬢。ブロンはどこで手に入れたんですか？」

僕が問うと、ようやく落ち着きを取り戻したリュシエンヌ嬢がブロンを手に入れた経緯を教えてくれた。

「ブロンは数日前に森に行った時に見つけた馬だったんです。大人しくわたくし達についてきたので最初はどこかから逃げ出した馬かと思い、あちらこちらに問い合わせたのですが、どこも知らないとのことで、我が家で面倒を見ることにしたんです」

それで初めてブロンに乗ったのが昨日だったそうだ。

「最初は大人しく並足（なみあし）で歩いていたのですが、急に走り出してしまって……アルベール様にはお見苦しいところを見せてしまいましたわ」

リュシエンヌ嬢は何故ブロンが突然走り出したのか知らないみたいだ。ここはちゃんと理由を説明しておいた方がいいだろう。

「あの時、ブロンの鼻の上にカエルが乗ってきたそうです。顔を振っても落ちないから走り出してしまったんでしょう」

リュシエンヌ嬢からはブロンの鼻の上のカエルなんて見えなかっただろうから、わからなかったよね。

「そうだったの。ブロン、気が付かなくてごめんなさいね。おまけにあなたに酷いことを言ってしまったわ」

リュシエンヌ嬢に撫でられて、ブロンは嬉しそうに尻尾を揺らしている。

『気にしてないよ。僕が喋れたら伝えられたのに……でもおかげでアルに会えたし、魔力ももらえて翼も生えて言うことなしだよ』

ブロンが翼を少し動かすが、この狭い厩舎の中では動きが制限されてしまう。

「ブロン。とりあえず外に出よう。ここじゃろくに翼も動かせないだろう」

柵を開けてブロンを外に連れ出す。入口にいた馬丁がブロンを見て驚きの声を上げた。

「ぺ、ペガサス？　まさか、本物か？　すぐに奥様にご報告を！」

そう言うなり屋敷の方へ走っていった。

侯爵夫人とは後でゆっくり話をしよう。

どうせリュシエンヌ嬢とのことも報告しないといけないしな。

「ブロン。翼を動かしてみてご覧」

だだっ広い場所までブロンを連れていくと、僕はブロンに呼びかけた。

ノワールはブロンの背中から降りて僕の側に座る。

ブロンがバサリと背中の翼を羽ばたかせると、ふわりと体が浮いた。

『すごい！　浮いたよ！　僕も飛べるんだ』

そのまま体を浮かせると、地面を蹴（け）るように空中を蹴って空に舞い上がる。

そのしなやかで美しい姿に僕もリュシエンヌ嬢も釘付けになった。

一通り空中散歩を堪能したブロンが僕達の前に降り立つ。

ブロンは顔を僕に擦り付けるようにして甘えてくる。

『ありがとう、アル。僕ね、ペガサスの里を追い出されたんだ。生まれた時も翼がなくっていつまでたっても生えてこないから出来損ないだって……父さんと母さんは僕を庇（かば）ってくれたけど、僕がいると父さん達までのけ者にされちゃうから、僕だけ出てきたんだ』

そう告げるブロンの目からポロリと涙が零（こぼ）れる。

僕はブロンの首に手を回してギュッと抱きしめてあげた。

「ブロン。こうして翼が生えてきたんだからブロンはもう出来損ないなんかじゃないよ。立派なペガサスだ」

リュシエンヌ嬢にも優しくたてがみを撫でられて、ブロンは嬉しそうにいななく。

『ねぇ、アル。父さんと母さんにこの姿を見せに行きたいんだけど、行ってもいいかな』

ブロンが躊躇いがちに聞いてくるけれど、もちろん僕に異存はない。

「もちろんいいよ。ブロンの父さん達も心配しているだろうから、この姿を見せて安心させてあげたらいいよ」

『ありがとう、アル。それじゃ僕の背中に乗って！　父さん達にアルを紹介したいんだ。故郷はここからそんなに遠くないよ』

えっ？　僕も行くのか？

どうしようかと思ってリュシエンヌ嬢を見ると、ヒョイとノワールを抱き上げて頷いた。

「ノワールはわたくしが見ておきますから、ブロンと一緒に行ってきて構いませんわ」

お留守番確定のノワールはリュシエンヌ嬢から逃れようとするが、爪で彼女を傷つけるわけにはいかないのですぐに諦めて大人しくなった。

『アルー。待ってるから早く帰ってきてよ』

ノワールのお願いに頷いて、僕はブロンの背中に飛び乗った。

バサリと翼が羽ばたくと、すぐにブロンの体が空中に浮いた。

僕はブロンのたてがみにしがみつき、振り落とされないように保護魔法をかけた。

急なことだけど、ペガサスの里に行く機会なんてこれを逃したらそうないはずだ。

僕はわくわくした気持ちを抱えてブロンを促した。

「よし、行こう！」

『うん！』

僕とブロンは手を振るリュシエンヌ嬢とノワールを眼下に、空の旅へ飛び出した。

第三章　ペガサスの里

ブロンはさっき初めて飛んだとは思えないほど軽快に大空を駆けていく。

ドラゴンの背中は鱗が硬くてゴツゴツしててお尻が痛かったけど、ブロンの背中は柔らかくて乗り心地がいいな。

空中を飛んでいるから、体に振動が響かなくて楽だ。

これが地上だったら地面を蹴る振動でお尻が痛くなるんだろうな。

そういえば、リュシエンヌ嬢に乗馬を教えてもらうはずだったのだけれど、空を飛ぶんだったら必要ないのかな？

そんなことを考えていると、前方の山の中腹にある草原に、ブロンと同じペガサスの群れが見えた。

「あそこがペガサスの里なのか？」

『そうだよ。あ、父さん達がいる』

前方に見えるペガサス達はどれも真っ白な体をしているので、どれがブロンの両親なのか僕にはさっぱりわからなかった。

　ブロンは背中に僕を乗せたまま、ふわりとペガサス達がいる草原に降り立った。

『父さん、母さん、見て！　僕にも翼が生えたよ。それにブロンっていう名前ももらったんだ！』

　ブロンは嬉しそうに両親に駆け寄るが、ブロンの両親や他のペガサス達は見知らぬ僕を警戒して、後退（あとずさ）りをする。

『ブロンだって？　お前はまさか、従魔契約を結んだのか？』

『このペガサスの里に人間を連れてくるなんて、なんてことを！』

　ブロンの両親はブロンとの再会を喜んでいるようだが、他のペガサス達がブロンを非難するのでどう対応していいか迷っているようだ。

　どうやら人間である僕はペガサス達に歓迎（かんげい）されていないらしい。

　こんなことなら、ついてこなければよかったよ。

　僕のせいでブロンにつらい思いをさせてしまう。

「ブロン。僕はここで降りて帰るよ。君はご両親に会っておいで」

　僕がブロンの背中から降りて帰ろうとすると、ブロンは僕の服を咥（くわ）えて引き止めた。

『駄目だよ、帰っちゃあ！　アルのおかげで僕は翼が生えたんだよ。アルが帰るんなら僕も帰るよ』

ブロンはそう言ってくれるけれど、ブロンの両親は他のペガサス達に阻まれて僕達には近付けない。

そのうちにヒュンッと僕を目掛けて小石が飛んできた。どうやら魔力で小石を飛ばしてきたらしい。当たっても怪我をするほど大きな石ではないが、咄嗟に魔法で撃ち落とす。

『人間はさっさと帰れ！　僕達を捕まえようったってそうはいかないぞ！』

それを皮切りにあちこちから小石が飛んでくる。

このままじゃ埒があかないな。

どうしようかと考えていると。

『何事だ！　騒々しい！』

どこからか威厳のある声が響き渡り、ペガサス達がピタリと大人しくなった。

声がしたほうを見やると、他のペガサス達より一回り大きなペガサスが、のそりとこちらに近付いてきた。

他のペガサス達が礼をとるように、一斉に頭を下げている。

『長老！　先日追い出したやつが、ブロンという名前をもらったと言って人間を連れてきたんです！』

『人間は危険です。さっさとブロンともども追い出してください！』

僕だけでなく、ブロンまでまた追い出そうと言うのか？

どうやら、折角翼が生えて皆の仲間入りができたと喜んでいるブロンを受け入れてくれる気はないようだ。

『いいから黙れ！』

長老と呼ばれたペガサスは一喝して他のペガサスを黙らせると、僕に近付いてきた。

『ふむ。君がブロンに翼を与えた者か。ここでは他の者がうるさいからこちらへ来なさい。ブロンもついておいで』

そう言うと来た道を引き返していく。

僕とブロンは大人しくその後についていった。

他のペガサス達は不満を持ちつつも長老には逆らえないようで、僕達をただ見送るだけだった。

しばらく歩くと目の前に立派な厩舎が現れた。まさかこんな山の中に厩舎があるとは思いもよらなかった。

一頭ずつ区切るような柵はないが、左右に干し草が敷き詰められている。

その奥にさらにふかふかの干し草が敷き詰められた場所があり、長老はそこに座り込んだ。

『椅子（いす）がなくて申し訳ないが、適当に腰をおろしなさい』

僕とブロンは長老の向かいに腰をおろした。

干し草が柔らかくて気持ちがいい。

だけどこの厩舎は人間が建てたものじゃないのかな？

思わずキョロキョロと厩舎の中を見回していると、長老がくすりと笑った。

『そんなに珍しいかね。先程は仲間達が失礼をしたね。一族を束ねる者としてお詫びしよう』

長老はそっと頭を下げた。

「とんでもないです。僕の方こそ、いきなり押しかけてしまって申し訳ありません」

そもそも人間を嫌っていると知っていたらついてくることはなかった。

『この厩舎だって人間が建てたというのに、人間と関わらないから、危険だと思い込んでいるんだよ。もっとも、中にはよからぬことを考える人間もいるから、やつらが警戒するのも間違いとは言い切れないがね』

長老にそう言われて僕は恥じ入った。

確かに、ペガサスを見て手に入れようとする人間は少なからずいるだろう。

服従の魔導具を使えば言うことを聞かせることだってできるのだから。

そして長老はブロンを追い出した経緯を話してくれた。

『ブロンは生まれた時からその背中に翼がなかった。だが、それ自体は特に誰も問題にしなかった。成長していくうちに翼が生えてくる者も少なからずいるからだ』

その話はブロンから聞いていたので知ってはいたが、他にもそういうペガサスがいたとは知らなかった。

『しかし、成長しても一向に翼が生えてくる気配はなかった。どんなに遅くとも一歳の誕生日までには生えているはずの翼が現れなかったのだ。そこで他の者は騒ぎ出した。よそから仔馬(こうま)を連れてきたとか、挙げ句には子ができないから他の馬と交わったなどと言い出す者までいた。いくらなんでもそんなはずはないのにな』

ブロンだけではなく、ブロンの両親まで非難されたのか。

翼が生えていなくてもブロンはこの場所で生まれた馬のはずなのに、受け入れてもらえなかったんだ。

『私も他の者達を説(と)き伏(ふ)せようとしたけれど、それも上手くはいかなかった。前例のないブロンを受け入れることができなかったのだ。一族を束ねる者として力不足を実感したよ。そこでブロンをこの里から出すことを決意した。ここにいてはブロン自身も他のペガサス達との違いをまざまざと見せつけられるし、何より一緒に飛び立つことができないからね』

確かに翼を持たないブロンは、他のペガサス達と行動をともにできない。

他のペガサス達が大空を飛び回っているのを、ただ地上から眺(なが)めているしかないのだ。

『あのままここで他のペガサス達に疎まれて生きていくよりは、ここを出て普通の馬として生きていったほうがよほど幸せだと思ったのだ。これはただ単に私の思い込みに過ぎなかったかもしれないがね。ブロン、すまなかった』

ブロンは謝る長老に向かって勢いよく首を横に振った。

『長老様は悪くないよ。それにここを出ていったから、こうしてアルに会えて翼も生えてきたんだよ。むしろ長老様には感謝しているんだ』

確かにブロンの言うことには一理あるな。

このペガサスの里を出なければリュシエンヌに拾われることはなかったたし、僕とも会うことはなかった。

「ブロンのように、人間から魔力をもらって翼が生えてくるペガサスっていたんですか？」

僕の質問に長老は静かに首を横に振った。

『少なくとも私が知っている限り、そんなペガサスを見たことはない。話には聞いたことがあったが、私はそれはおとぎ話だと思っていたよ。このペガサスの里に人間がやってくることはまずないからね』

この場所は山の中腹にある上に周りの山も険しくて、とても人間が足を踏み入れられるような場所ではない。

あれ？

こんな険しい山をブロンはどうやって下りたんだ？

「ブロン。君はどうやってこの山を下りたんだ？　馬が通れるような道はなさそうなんだけど……」

『皆が下ろしてくれたよ』

ブロンはそう答えたけど、さっぱり意味がわからない。

馬一頭の体重がどのくらいあるのかはわからないけれど、それなりの重さはあるはずだよね。

眉をひそめる僕に、長老は笑いながらブロンをたしなめた。

『ブロン。それでは答えになっていないぞ。私達の中にも多少は魔法が使える者がいるのでね。ブロンが乗れる程の布切れを出して、その上にブロンを乗せて皆で周りを咥えて運んだんだよ』

長老の説明でようやく合点がいった。

そうやってブロンを皆で運んで山を飛んで降りたということか。

鹿の仲間が岩山を駆け登るのを見たことはあるけれど、馬にそういう芸当はできそうもないよね。

大体、体型が違うからね。

長老の話でブロンの事情はわかったけれど、ブロンはこのままこのペガサスの里に残ったほうがいいんじゃないだろうか。

「ブロン。ブロンはこのままこの里に残るかい？」

他のペガサスも落ち着いて話をすれば、翼を得たブロンをのけ者にはしないだろう。

だから両親がいるここに残る方がブロンにとって幸せじゃないかな。

『ううん、僕はアルと一緒に行くよ。従魔契約もしたし、今さらここに戻る気はないよ』

ブロンはそう言うけれど、本当にそれでいいのかな。

チラリと長老を見ると、長老はゆっくり頷いた。

『どうかブロンを連れていってやってくれんか。まだ他のペガサス達は人間に対する忌避感が強いのでね。人間と従魔契約をしたブロンを受け入れがたいだろうから』

ブロンや長老に異存がないのなら、僕は喜んでブロンを受け入れよう。

「ブロン。ご両親に挨拶しておいでよ。ここで待ってるからさ」

僕が姿を見せない方が他のペガサス達も安心するだろう。

『わかった。ちょっと行ってくるね』

ブロンは立ち上がると、嬉しそうに両親のもとに走り出した。

その後ろ姿を見送っていると、長老が立ち上がる気配を感じた。

振り返ると、僕のすぐそばに長老の顔があった。

『君からはドラゴンとパンサーの匂いを感じるが、もしかして従魔にしているのかね？』

「あ、はい。そうです」

ペガサスも魔獣であるからか、他の魔獣のこともわかるようだ。

『あやつらが認めているのなら私は何も言うまい。ブロンを頼んだよ』

長老の言葉に頷き返していると、厩舎の外からブロンの声が響いてきた。

『アルー。父さん達が挨拶したいってー』

弾むようなブロンの声に、僕は立ち上がって長老に会釈(えしゃく)をしてブロンのところに向かった。

厩舎の外にブロンとその両親が佇(たたず)んでいる。

『ありがとう。君のおかげでこうして息子にも翼が生えた』

『あのまま、この子とは二度と会えないと思っていたの。本当にありがとう』

ブロンの両親の感謝の言葉がくすぐったい。

ブロンの両親に触ってもいいのか迷っていると、二頭の方から僕に鼻先を押し付けてきてくれた。

二頭を交互に撫でると、嬉しそうになおも顔を押し付けてくる。

『ちょっとー！　父さんも母さんも。アルは僕のだからね』

ブロンがヤキモチを焼いたように割って入ってくる。

なんか、どっかで聞いたような台詞(せりふ)だな。

しばらくして、名残(なご)りを惜(お)しみつつも僕とブロンはペガサスの里を後にした。

ペガサスの背中に乗るという快適な空の旅を終えて、フォンタニエ侯爵家の厩舎の側に降り立つと、侯爵家の使用人が出迎えてくれた。

「アルベール様。お帰りなさいませ。戻られたら奥様のところへご案内するようにおおせつかっております」

うやうやしく頭を下げられ、こちらへどうぞと促される。

ブロンをどうしようかと迷っていると、馬丁がすかさずブロンを引き受けてくれた。

「ブロンは私が見ておきますので、奥様のところへお急ぎください」

『僕は中で休んでるから、行ってきていいよ』

ブロンもこの馬丁とは仲がいいようで、特に嫌がることもなく馬丁の方に歩み寄る。

僕はブロンを馬丁に任せて、使用人の後に続いて屋敷の中へ入っていった。

案内されたのはどうやら侯爵夫人の執務室のようだ。

何故ここに？　と思ったが、執務室に足を踏み入れた途端に合点がいった。

執務室の中には王宮に通じる魔導具が置いてあったからだ。

執務室の中には侯爵夫人の他、リュシエンヌ嬢とノワールがソファーに座っていた。

リュシエンヌ嬢は乗馬服からドレス姿になっている。

「お帰りなさいませ、アルベール様。いろいろとお聞きしたいことがあるのですけれど、わたくしだけではなく王宮の方にも一緒に説明をお願いしますわ」

侯爵夫人は有無を言わさぬ笑顔を僕に向けると、リュシエンヌ嬢の隣に座るように促した。

ちょっと躊躇ったが、王宮と連絡用魔導具で話をするには並んで座る必要があるので仕方がない。

僕がリュシエンヌ嬢の隣に腰を下ろしたところで、侯爵夫人は魔導具を操作して王宮と繋いだ。

「宰相様、フォンタニエでございます。アルベール様がお戻りになられました」

侯爵夫人が呼びかけると、画面に宰相の姿が映し出された。

『侯爵夫人。承知いたしました。ただ今陛下にお繋ぎします』

宰相は画面の向こうでちょっと目を見張ったが、すぐに満足そうに頷くと画面を切り替えた。

今度は父上と母上の姿が映し出される。

『侯爵夫人。アルベールが世話になったそうだな。改めて礼を言わせてもらう。ありがとう。ところで、何かアルベールから報告があるそうだな』

ニヤリと笑った父上の顔が非常にムカつくが、感情を表に出すのは相手の思うツボなので僕は何気ない振りを装う。

「父上、母上。旅に出たばかりで申し訳ありませんが、僕はこちらのリュシエンヌ嬢とお付き合いをさせていただくことになりました」

隣に座るリュシエンヌ嬢を紹介するが、誰も驚いた表情は見せない。

リュシエンヌ嬢は画面の両親に頭を下げる。

「国王陛下、王妃殿下。リュシエンヌ・フォンタニエと申します。このような形でのご挨拶となり申し訳ございません。どうかよろしくお願いいたします」

初顔合わせがこんな画面越しだなんて、誰も想像してなかっただろうね。

もっとも、母上とは何度も顔を合わせていそうだけれど。

そうでなかったら、リュシエンヌ嬢を僕の婚約者候補にはあげてないだろう。

『気にしなくてもいいわ。アルベールが旅に出たりしなければ、こんな形にはならなかったでしょうからね』

僕のせいかよ！

……まぁ、確かにそうなので敢(あ)えて反論はしないでおこう。

「そうですね。あらかじめ聞いておけばこんなことにはならなかったと思うんですけれどね」

ちょっと嫌味を込めたつもりだが、画面の向こうの両親は素知らぬ顔だ。

なんとか一矢報(いっしむく)いてやりたいな。

「あ、もう一つ報告があります。この度、僕はペガサスを従魔にしました」

そう告げた途端、両親は揃ってポカンとした顔で『は？』と言ったきり固まってしまった。

予想外すぎる言葉を聞かされて、理解が追いつかないみたいだ。

『ええーっ！』

ようやく理解した途端に、驚いて父上が立ち上がる。

顔が見えなくなるから座ってくれよ。

母上に腕を引っ張られて慌てて父上が腰を下ろした。

『い、今なんと言った！　ペガサスだって？　本当にいたのか？　アルベール、私達を担ごうとしているんじゃないだろうな』

そんな嘘を言ったってなんの得にもならないよ。

「陛下、落ち着いてくださいませ。わたくしもまだ見てはおりませんが、確かにペガサスだとリュシエンヌと馬丁から報告を受けております」

侯爵夫人の説明でようやく受け入れられたようだ。

『ペガサスまでも従魔にしたのか……まあよい。報告は以上か？』

流石にこれ以上のサプライズはないよ。

すると母上がおもむろに切り出した。

『リュシエンヌ。こちらの準備が整い次第、王宮にいらっしゃい。王太子妃教育をいたしましょう。それから、アルベール。折角旅に出ているのだから、リュシエンヌに贈（おく）る指輪に使う魔石を探していらっしゃいな』

さらりと凄いことを言われてしまった。

リュシエンヌも「まぁ！」と言ってチラリと僕を見て頬を染めている。

何か期待されてる？

「リュシエンヌ嬢。どういったものがお好みですか？」

「わたくし、魔石には詳しくなくて。でもアルベール様から贈っていただけるのならどんな魔石でも構いませんわ」

相変わらず可愛いリュシエンヌの笑顔を見つめていると、『オホン』と咳ばらいが聞こえてきた。

『イチャつくのはよそでやってくれ。では、侯爵夫人、アルベールをよろしく頼むぞ』

父上がそう告げると画面が真っ黒になった。

どうやら向こうの通信を切ったようだ。

こうして僕の旅の目的が一つ追加された。

王宮との通信が切れると、侯爵夫人は居住まいを正した。

「それではアルベール様。厩舎に行きましょうか。リュシエンヌは着替えていらっしゃい。アルベール様に乗馬を教えて差し上げるんでしょう」

王宮との通信にあたってわざわざドレスに着替えてきたリュシエンヌ嬢は、また乗馬服を着直すようだ。何度も着替えさせてしまって申し訳ないな。

「わかりました、お母様。アルベール様。ひとまず失礼させていただきますわ」

リュシエンヌ嬢は立ち上がって僕にお辞儀をすると、侍女を伴って執務室を出ていった。

僕と侯爵夫人も厩舎に向かうために執務室を出る。

「ノワール、ほら、行くよ」

ソファーの足元に寝そべっていたノワールは、大きく伸びをすると僕の後についてきた。

厩舎の外にはブロンの姿は見当たらなかった。どうやら厩舎の中に入っているみたいだ。

馬丁に命じてブロンを厩舎の外に連れてきてもらうのかと思ったが、侯爵夫人はドレス姿にもかかわらず厩舎の中へと足を踏み入れた。

厩舎の奥にいるブロンの姿を見て侯爵夫人は「まぁ！」と驚いた。

「リュシエンヌと馬丁が嘘を言うはずはないとわかっていても、こうして実際に自分の目で見るまでは半信半疑でしたわ。本当にペガサスがいたのですね」

侯爵夫人がしみじみと語りながら、ブロンのたてがみを撫でている。

ブロンも嬉しそうに尻尾を振る。

「お待たせいたしました、アルベール様」

そこへ先程と同じ乗馬服に身を包んだリュシエンヌ嬢が現れた。

乗馬を教えてもらうのはいいけれど、どうせ乗るのならばブロンがいいな。

だけど、この翼が生えた状態では悪目立ちしてしまう。

第一、普通の乗馬ができるのかどうかも怪しいものだ。
「ねぇ、ブロン。その翼って仕舞ったりできるのかな？」
自分で言っておきながら、『何を馬鹿なことを』とツッコんでみる。
いくらなんでもそんなに都合よくいくわけはない。
だけどブロンはあっさり『やってみるー』と言い出した。
本当にそんなことができるのか？
そう思いながらブロンを見つめていると、ブロンの翼が光り出した。
光に包まれた翼はそのまま、シュルシュルッとブロンの体の中に吸い込まれ始めた。
僕達が呆然としている間に、ペガサスだったブロンはただの白馬になってしまった。
『ブロン、すごーい！　羽根がなくなったよ』
すかさずノワールがブロンの背中に飛び乗っている。
これなら人目につくところでは普通の馬として旅をしていけるだろう。
「これならば鞍をつけての乗馬ができますわね。ブロンに鞍をつけてやってください」
驚きから立ち直ったリュシエンヌ嬢が馬丁に指示を出した。
馬丁がブロンに鞍をつけて厩舎の外へ連れ出す。
リュシエンヌ嬢も自分が乗る馬に鞍をつけてもらい、厩舎の外へ出てきた。

「わたくしは屋敷に戻りますわ。リュシエンヌ、アルベール様に怪我のないようにね」

侯爵夫人はそう言い残すと屋敷の中へ戻っていった。

「それではアルベール様。始めましょうか」

リュシエンヌ嬢に促されブロンの背中に乗るが、鞍がついている分、先程より視線が高くなる。

「ブロン。重くない？」

昨日はリュシエンヌ嬢が乗っていたが、当然体重は僕の方が重い。

鞍がついている分、ブロンにも負担がかかっているのではないだろうか。

『大丈夫。全然、平気だよ』

それを聞いてリュシエンヌ嬢がくすりと笑った。

「アルベール様はそうやってブロンと会話ができるので、上達が早いと思いますわ」

確かにそれは言えるだろうな。

「ブロン。よろしくね」

たてがみを撫でてやると『任せてー』という声が返ってくる。

ノワールとレイもそうだけど、ブロンもノリが軽いな。

それから小一時間ほどリュシエンヌ嬢に乗馬を教えてもらった。

やはり地面を蹴ることで振動があるけれど、魔法で軽減できるようにしておいた。

一通りリュシエンヌ嬢から教えてもらったところで、侍女が食事の時間だと告げる。

ブロン達にも休憩が必要だろう。

後を馬丁に任せて、僕達は屋敷の中へ戻った。

屋敷に戻り、軽く汗を流した後で食堂に行くと、既に侯爵夫人が席に着いていた。

「お待たせして申し訳ありません」

席に案内されているうちに、ノワールは食堂の片隅で肉にがっつきはじめた。

「構いませんわ。それにリュシエンヌがまだですから、逆にアルベール様をお待たせしておりますもの」

女性の支度に時間がかかるのは仕方がないだろう。

程なくしてリュシエンヌ嬢が食堂に姿を現した。

食後のお茶をいただいているところで、侯爵夫人が切り出した。

「アルベール様はまた旅を続けられるのですよね。いつご出発なさいますか？」

「明日の朝にはここを発つつもりですが、もう一晩こちらにお世話になってもいいですか？」

侯爵家の負担になるかな、とは思ったがリュシエンヌ嬢ともう少し一緒にいたい。

「もちろん構いませんわ。今すぐ旅立つと言われたら引き留めようと思っておりましたもの。ねぇ、リュシエンヌ」

リュシエンヌ嬢は侯爵夫人に同意を求められて、少し恥ずかしそうに頷いた。

執務に戻る侯爵夫人を見送った後で僕達は庭へ移動した。

食堂を出る時にノワールの方を見ると、お腹いっぱいになったらしくお昼寝の真っ最中だった。

どうせ放っておいても後からついてくるだろうから、そのまま寝かせておいてやる。

僕はリュシエンヌ嬢と庭に出て散策を始めたが、もちろん二人きりではない。

数歩後ろをノエラさんがついてきているし、あちらこちらに使用人や護衛騎士の姿も見える。

まだ正式な婚約者ではないため、それなりに監視されているようだ。

そんな状況で花壇に植えられた色とりどりの花を見ているうちに、昨日侯爵夫人に言われた言葉を思い出した。

『この土地特有の花も咲いておりますのよ』

そう言っていたが、どれがその花なんだろうか。

花の名前などには詳しくないからわからないが、どの花も王宮に咲いているのを見たような記憶がある。僕の思い違いかな？

「リュシエンヌ嬢。侯爵夫人にこの土地特有の花があるとお聞きしましたが、どれがその花ですか？」

リュシエンヌ嬢ならば知っていると思って聞いたのだが、彼女は不思議そうに首を傾げるだけだった。

「この土地特有の花ですか？　お母様ったらいつの間にそんな花を植えられたのかしら？　申し訳ありませんがわたくしにはわかりませんわ」

そう言って花壇のあちらこちらに目をやるリュシエンヌ嬢を見て僕はハッとした。

この土地特有の花。

それはつまりリュシエンヌ嬢のことを言っていたのではないか。

あの時の侯爵夫人の思わせぶりな顔が思い浮かぶ。

流石にそれを本人に告げるのは憚(はばか)られるので僕は敢えて気付かない振りをした。

「リュシエンヌ嬢には謝らないといけませんね」

そう切り出すと「何をですか？」と返ってきた。

「王太子妃教育が始まることです。あなたにそんな負担をかけるつもりはなかったのですが……」

まるきり考えていなかったとは言えないが、あの時頭の片隅にすらなかったのも事実だ。

「いいえ。わかっていて受け入れたのはわたくしですわ。それにただ待っているよりは何かしていたほうが気が紛れますもの」

僕自身が側にいてあげられないことも、申し訳なさに拍車をかけている。

それを考えると、リュシエンヌ嬢の王太子妃教育も僕を旅から早く帰すための策略のように思えてしまう。

一通り庭を歩き回った頃に『アルー。どこー』とノワールの声が聞こえてきた。

やれやれ、やっと起きたか。

「こっちだよ」

リュシエンヌ嬢もクスクス笑いながらノワールが現れるのを待っていた。

タタタッと軽快な足音が聞こえたと思ったら、突然花壇の花を飛び越えてノワールが現れた。

僕もリュシエンヌ嬢もまさかそんなところからノワールが現れるとは思わなかった。

特にリュシエンヌ嬢は、目の前に現れたノワールに驚いてバランスを崩し、よろけて倒れそうになっている。

すかさず僕はリュシエンヌ嬢の体を抱きしめるようにして支えた。

リュシエンヌ嬢の柔らかく華奢(きゃしゃ)な体が僕の腕の中にある。

もう少しこのまま抱きしめていたいけれど、ノエラさんの目が吊り上がっているみたいなのでやめておこう。

「大丈夫ですか？　お怪我はありませんか？」

足を捻(ひね)ったりはしなかっただろうかと、リュシエンヌ嬢から腕を離しながら聞くと、彼女は真っ赤な顔をしていた。

「だ、大丈夫ですわ。ありがとうございます」

元凶のノワールはまるで気にしていないようだ。

『僕も抱っこー』

ノワールがリュシエンヌ嬢にせがむのを無視して僕が抱き上げてやった。

暴れるかと思いきや意外と大人しくしている。

なんだ？

珍しいな、と思ったのも束の間。

ノワールは頭を撫でに近寄ったリュシエンヌ嬢の唇に「チュッ」とキスをした。

あ、コノヤロー！

慌てて引き離したが、既に遅かった。

リュシエンヌ嬢は唇に片手を当てて目を白黒させているし、ノワールは満足気だ。

『わーい。キスしちゃった。アルにもしてあげようか？』

ノワールを介してのリュシエンヌ嬢との間接キスなんてお断りだ。

どうせするのなら直接したい……って、何を考えているんだ。

「ノワールがすみません。大丈夫ですか？」

ノワールをポイッと地面に放り出してリュシエンヌ嬢の顔を覗き込むと、先程より視線が近付いた。

「びっくりしただけですわ。まさかノワールにキスされるなんて思いませんでしたもの」

ノワールってば、リュシエンヌ嬢の前だからってずっと小さな体のままだからな。

普段の大きさを知ったら、きっとリュシエンヌ嬢も驚くんじゃないかな。

地面に降り立ったノワールは、ひらひら舞うちょうちょを追いかけて遊んでいる。

それをのんびりと四阿で眺めながら、僕とリュシエンヌ嬢はいろいろな話を交わした。

ちょうちょを追いかけるのに飽きた、というより空高く飛び上がっていったため追いかけられなくなったノワールが僕の膝の上で眠っているのを、リュシエンヌ嬢が優しく見つめている。

そんな楽しい時間はあっという間に過ぎていった。

そうして侯爵邸でくつろいだ時間を過ごした僕は翌朝、旅立ちの時間を迎えた。


朝食を終えた僕はノワールを連れて玄関に向かった。

そこには既に、旅装の準備ができたブロンが馬丁とともに待っていた。

翼を隠して背中に鞍をつけられたブロンは、どこから見ても普通の馬である。

「ブロン、お待たせ。準備はいいみたいだね」

鼻筋を撫でてやると嬉しそうに尻尾を振る。

『ペガサスの里を追い出された時は一人きりの旅だったけれど、これからはアル達と旅ができるから楽しみなんだ』

どうやら僕やノワールと旅ができるのを楽しみにしていてくれたようだ。

僕を見送るために侯爵夫人とリュシエンヌ嬢が玄関に姿を見せた。

「アルベール様。従魔がついているから大丈夫とは思いますが、どうかお気を付けて旅をなさってください」

侯爵夫人はそう告げると、隣に立っているリュシエンヌ嬢の背中を押して僕に近付けた。

一歩進み出たリュシエンヌ嬢は、そっと何かを差し出した。

「アルベール様。お守りの代わりですわ。どうかお持ちくださいませ」

差し出されたのは白いハンカチだった。片隅に「A」の文字と花が刺繍されている。

名前入りのハンカチをもらうなんて、前世での幼稚園以来かな。

「ありがとう。これはリュシエンヌ嬢が刺繍してくださったのですか？」

「あまり得意ではないので申し訳ありません」

リュシエンヌ嬢はそう言って謙遜するが、なかなか上手だと思う。

「そんなことはありません。大切に使わせていただきます」

ハンカチを受け取ってそっと胸ポケットに大切にしまう。

「王宮でお待ちしておりますわ。どうかお気を付けて……」

僕は軽く頷くとブロンの背中に跨った。僕の前にちょこんとノワールも乗る。

「お世話になりました。それじゃ、行ってきます」

侯爵夫人とリュシエンヌ嬢、それから後ろにずらりと並ぶ使用人達に手を振ると、僕はブロンを走らせて侯爵邸を後にした。

第四章　ラコルデール領の噂

侯爵邸を出て町中を通り過ぎると、やがて町の外に出る門が見えてきた。

ブロンに乗ったまま身分証を提示するが、チラリと目を通しただけで特に何も言われることはなかった。

町中に入る人間には警戒するが、出ていく分にはわりと緩（ゆる）い。

「ブロン。少し走ろうか。重たくないかい？」

『大丈夫。行くよー』

ブロンは僕とノワールを乗せて軽快に走り出す。

振り落とされないためと、お尻が痛くならないように保護魔法をかける。

時々休憩を入れながら、本日宿を取る予定の町へ向かった。

ここは確か、伯爵が治める領地のはずだ。

門番に身分証を差し出すと、ジロジロと身分証と顔を見比べられた。

目の色を変えていることがバレるかな、とヒヤヒヤしたが、特に何も言われずに町の中に通される。

門を通り過ぎる時に、他の門番の話し声が聞こえてきた。

「なぁ、アルベール王子がこの町に向かっているって本当か？」

「どうもそうらしいぞ。領主様からは、王子が見えたらお待ちいただいてすぐに知らせるようにと言われている」

「アルベール王子にはまだ婚約者がおられないから、領主様はご自分の娘をぜひにと思っているんだろうな」

「それにしても、ブラックパンサーを連れた紫の目の少年って、まだ来ないよな」

「うん、確かに」

僕はブロンの背中で寝ているノワールを服で隠すようにして、そっとその場を離れた。

門番達は僕を呼び止めることもなく、僕は無事にその場を切り抜けた。

門が見えなくなって僕はようやくホッとため息をついた。

流石にまだ僕とリュシエンヌ嬢の婚約は知られていないようだ。

そのうちリュシエンヌ嬢が王宮にあがると、僕との婚約が噂されるようになるだろう。

それにしても、ここの伯爵も僕に自分の娘を売り込むつもりだったとは……

伯爵邸とは離れたところに宿を取ることにして、なるべく近寄らないようにしないとね。

通りすがりの人にギルドの場所を聞いてそちらに向かった。

ギルドで馬と従魔が泊まれる宿を紹介してもらうと、ギルドからかなり距離があった。

そちらに向かう途中には公園もあったから、この領地は王宮との関わりが深いようだ。

宿に着き、受付で馬を連れていると告げると、鍵を渡された。

そこは厩の中にベッドが置いてある部屋だった。

高級な宿ならともかく、安宿だと別々になると盗難の可能性があるから一緒の方が安心だよね。

『アルは僕と一緒に寝て大丈夫なの？』

ブロンが心配そうに聞くけど、特に問題はない。

「全然平気だよ。それに一緒にいる方が安心だしね。ブロンも翼を仕舞ったままで大丈夫かい。ここなら誰も見ていないから出しても大丈夫だよ」

するとブロンはバサリと翼を出した。

これが本当の羽を伸ばすってやつかな。

一晩ぐっすりと寝て、僕は早々にこの領地を後にした。

伯爵に関わって娘を紹介されてはたまらない。

リュシエンヌ嬢との婚約が正式発表されないうちは、彼女に対して不誠実なことはしたくない。

伯爵領を出てさらに進むと小高い丘の上に出た。

向こうに見えるのは……海だ！

この世界に生まれ変わって初めて、僕は海を見た。

今日の宿はあの海辺の町で決まりだな。

「ブロン。今日はあの海まで行くよ」

僕は手綱を握るとブロンを走らせた。あの町はラコルデール侯爵が治めているんだっけ。

町への門でいつものように身分証を提示して中に入る。

海辺の町らしく、魚を扱っている店があちらこちらに見える。

とりあえずギルドに寄って今日の宿を決めておこう。

案内係のカウンターには若い女性が二人座っていた。

「すみません。馬と従魔と一緒に泊まれる宿を探しているんですが、海に近い宿がありますか？」

「海に近い宿ですか？　ありますけど、海なんて行ってもなんにもありませんよ」

確かにまだ泳ぐには早いけれど、そもそもこの世界に海水浴なんて概念があるのかな？

水着なんて見たことがないから、娯楽のために泳ぐことなんてしないのかもしれない。

とりあえず海に行ってみたいので、海辺の近くの宿を紹介してもらった。

ノワールをブロンの背中に乗せて、手綱を引きながら町を散策する。

この町にも小さいながらも公園が作られていて、何人かの子ども達が遊んでいた。

宿が近付くに連れて潮の香りが強くなってくる。
『ねぇ、アル。これってなんの匂い？』
ノワールが鼻をヒクヒクさせながら、周りをキョロキョロしている。
「これは海の潮の香りだよ。いい匂いだろう？」
胸いっぱいに潮の香りを吸い込む僕にノワールは怪訝な顔をする。
『そうかなぁ。よくわかんないや』
ブロンもノワールに同意するようにブルルッと声をあげる。
この香りのよさがわからないなんて、非常に残念だ。
宿に着いてとりあえず二泊することを告げた。
案内されたのはやはり厩が併設された部屋だったが、僕のベッドとは仕切られていた。
部屋を確認した後で、僕は海辺に行ってみることにした。
宿の女将さんに教えられた通りの道を辿っていくと、前方に海が見えてきた。
「海だ！」
ブロンの手綱を持ったまま走り出すと、僕のスピードに合わせてブロンも走り出した。
『うわっ、落ちるー！　いきなり走らないでよ』
ブロンの背中にいたノワールが振り落とされないようにしがみついた。

足元が砂浜に変わり、少し走りにくくなったが、それでも構わずに波打ち際にたどり着いた。

ところどころに岩場もあるが、思ったより砂浜が広がっている。

すぐ目の前では、小さな波が寄せては返すを繰り返している。

海の上には何も見えず、ただ水平線だけが広がっている。

この世界にはマリンスポーツを楽しむ人なんていないしね。

『うわーん、アルー』

静寂を破ったのはノワールの泣き声だった。

何事かと思いノワールを見ると、波打ち際に降りたノワールを突然の大波が襲ったようだ。

全身びしょ濡れで、情けない姿になっている。

『何これ、しょっぱいー』

濡れた毛を舐めてしまったようで、あまりのしょっぱさにゲホゲホ言っている。

「海の水だから塩辛いんだよ。塩水だから体も洗わないとね。そのまま乾かすと塩で真っ白になるよ」

ノワールの体を清掃魔法（せいそうまほう）の【クリーン】で洗って乾燥させた。

水を出してやると、勢いよく舌で掬って飲んでいる。

『あー、やっと塩辛いのがなくなったー』

ノワールはそう言うなり、またブロンの背中に飛び乗った。波打ち際を歩くのは懲りたようだ。

海辺の散歩を切り上げて町中を見て歩くことにした。

人通りはそれほど多くはなく、ブロンを連れていても他の人の邪魔にならずに歩くことができる。

比較的のんびりとした雰囲気が漂っている町並みの中を歩いていると、食堂が見えてきた。

建物の横の空き地にテーブルが設置してあり、そこで従魔と食事ができるようになっていた。

ここならブロンを連れていても食事ができそうだ。

店員が外のテーブル席まで食事を運んだり、食器を下げたりしている。

「すみません。馬を連れているんですけど、こちらで食事ができますか？」

店員の手が空いた頃を見計らって声をかける。

「えっ、馬ですか？　馬の食事は出せませんけど、それでもいいですか？」

店員が申し訳なさそうに言うが、そういうことは想定済みだ。

馬は大体馬車を引いているし、馬車で旅をするのは主に貴族だ。

当然貴族専用の宿や食堂に行くから、そこならば馬の食事も用意できるが、それ以外では難しいだろう。だから僕もブロン用の食事をマジックバッグに入れてもらっていた。

「それで構いません。メニューはありますか？」

店員に席に案内してもらい、その席の横にブロンを繋いだ。

食事を注文して待っている間に、ブロンとノワールに食事を用意してやる。

ノワール達が美味しそうに食事をしているのを見ていると余計に空腹を感じるな。

僕の食事が運ばれて来る頃には、ノワール達は食事を終えて寛いでいた
食事を終えてさらに町を散策していると、右手に大きな屋敷が見えてきた。

どうやらここは領主の屋敷らしく、門には二人の騎士が立っている。

遠巻きに屋敷を見ながら通り過ぎようとしたが、少しおかしなことに気付いた。

屋敷の中に明かりがついていないのだ。

人の気配も感じられず、まるで誰も住んでいないように見える。

もっとよく見たかったのだが、門番が胡散臭そうにこちらを見るので、何気ない振りをして通り過ぎた。

そこへショッピングカートを押しているおばさんが歩いてきたので尋ねてみることにした。

「こんにちは。今日この町に着いたばかりなんですが、あそこはどなたのお屋敷ですか？」

「あのお屋敷かい？　ここの領主様のお屋敷だよ。もっとも今はここには住んでおられないけどね」

おばさんの言葉に僕は首を傾げる。

領主なのにこの町に住んでいないってどういうことだ?

「領主様はここにはいらっしゃらないんですか?」

「ああ、そうさ。領主様はこの町を出たところに別にお屋敷を持っておられるのさ。王都からお客様が来られる時だけ、この屋敷を使われるんだよ」

おばさんの言葉は僕に衝撃を与えるには十分だった。

「領主様はどうして普段、こちらに住んでいらっしゃらないんですか?」

僕の疑問におばさんは肩を竦めた。

「そんなのあたしゃ知らないよ。それにこの町に住んでいなくても、時々は馬車でこの町を見回っておられるからね。特にここ最近はよく町中を見回っておられるからあんたも会えるかもしれないよ。もういいかい。買いものに行かなきゃいけないんだけど……」

「あ、すみません。ありがとうございました」

おばさんにお礼を言うと、おばさんはカートを押してどこかへ行ってしまった。

「ノワール、ブロン。宿に戻るぞ」

町を出て、領主が普段住んでいるという別の屋敷に事情を聞きに行こうかと思ったが、まだこの領主に関する情報が不足している。

魔術団長からもらった魔石を使って王宮に戻ろうかと思ったが、それだとまたこの宿屋に戻って来れないので魔法陣を使うことにした。

宿に戻ると夕食の時間を確認して、それまで部屋で休むと女将さんに告げた。

部屋に入ると扉に鍵をかけ、さらに魔法で開けられないようにする。

「ノワール、ブロン。ちょっと王宮に行ってくるから待っててくれよ。すぐに戻るからね」

『わかったー。早く帰ってねー』

脳天気なノワールの返事を聞きながら、僕は床に魔法陣を設置するとその上に乗った。これだと僕一人しか移動できないけど、今はそれで十分だ。

目の前が一瞬で宿屋から王宮の僕の部屋に変わる。

魔法陣の発動に気付いたエマが、慌てて僕の部屋に駆け込んできた。

「アルベール様？　いかがなされましたか？」

「大丈夫、特に問題はないよ。ところで騎士団長はどこにいるか知ってる？　話があるんだけど」

エマに尋ねると、彼女は「少々お待ち下さいませ」と言って部屋から出ていった。

その間、僕は部屋のソファーに腰を下ろして待つ。

久しぶりの自分の部屋にホッとする。

待っている間に別の侍女がお茶を淹れてくれた。

程なくしてドタドタと足音が近付いてくる。

「アルベール様。お話があるそうですが？」

扉を開けた騎士団長が息を切らして入ってきた。

そんなに急がせて申し訳ない。

「騎士団長、お久しぶりです。急に呼び出して申し訳ありません」

まずはお茶を飲んで落ち着いてもらおう。

騎士団長は僕の真向かいに座るとお茶に口を付けたが、お茶の熱さに顔をしかめていた。

「ちょっと聞きたいんだけど、ラコルデール領の領主ってどんな人？」

ラコルデール領の名を口にした途端、騎士団長は険しい顔をした。

やはり何かあるのかな？

「今はラコルデール領におられるのですか？　あそこの領は公園はあるのですが、今ひとつ得体のしれないところでしてね。領民からは不満は出ていないので表立った警戒はしていないのですが、何かあったのですか？」

「ラコルデール領主の屋敷の前を通ったところ、人の住んでいる気配がないので不思議に思って聞き込みをしたんです。そうしたら、ラコルデール領の領主はあの町の中には住んでいないようなんです。その辺りは把握していますか？」

僕の説明に騎士団長は衝撃を受けたようだ。

「領主が町の中に住んでいない？　一体どういうことですか？　以前公園について王宮から下見に行った際にはそんな話は出てきませんでしたよ」

王宮から役人が下見に行った際には、町の中にある領主の屋敷でもてなしを受けたということだった。

当然下見に行く日は事前に通知されるから、あらかじめ準備をすることができたのだろう。

貴族は不意打ちで屋敷を訪問したりはしないからね。

「町の人の話によると、時折馬車で領内を見回っているらしいんです」

「実は、あの町ではたまに若い冒険者が行方不明になることがあるんです。突然消息が途絶えて、一、二年後に別の町で発見されるのです。そして当人は行方不明の間のことを一切覚えていないと……それに領主が関与しているのかどうかはわかりません。摩訶不思議な事件ですが、死者が出ていないからこちらもどう対応するべきか決めかねているのです。アルベール王子が巻き込まれる可能性もあるので、できれば一刻も早くラコルデール領から離れていただきたいのですが……」

まさかあの領地でそんなことが起きているとは思ってもみなかった。

ラコルデール領という名前を聞いた時に騎士団長が険しい顔をするはずだ。

「冒険者が行方不明ですか……どうにかして屋敷に潜り込めないかな……」

最後の方の呟きは騎士団長にしっかり聞かれたようだ。

「お止めください。自ら危険に飛び込むなど、とても容認できません。たとえアルベール様といえども、なんの証拠もなしに屋敷に乗り込むなど、間違いでした、では済まされませんよ」

騎士団長の言うことはもっともだ。

でも、一度気になったらとことん知りたくなってしまう。

心配してくれる騎士団長には悪いが、やはり領主の屋敷を探ってみるしかないだろう。

「わかりました。危険なことはしません。今の話は父上には内密でお願いします。僕はそろそろ宿屋に戻りますね。ノワール達が待っているので……」

「アルベール様。流石に陛下にご報告しないわけには参りません。ご容赦ください。くれぐれもお気を付けて」

まぁ、確かにエマを通じて騎士団長を呼び出したから、そちらから僕が戻ってきたことは伝わっているだろうからね。

「なるべく心配させないようにお願いします」

僕は立ち上がると魔法陣に向かった。

騎士団長がお辞儀をするのを尻目に魔法陣の中に立つと、一瞬で宿屋に戻った。

『アル、お帰りー。さっき宿屋の女将さんがご飯って呼んでたよー』

宿屋に戻った途端にノワールが僕に飛び付いてくる。

なんとか夕食に間に合ったみたいだな。

返事をしなかったのは寝ていたからということにしよう。

とりあえず、明日は町の外にあるという領主の屋敷に行ってみよう。

行方不明になるという冒険者は、おそらく一人で旅をしている者だろうと見当を付けている。

パーティーのメンバーがいなくなれば大騒ぎになるはずだからね。

つまり、ソロの冒険者のふりをすれば領主の秘密に近づけるかもしれない。

明日の予定を決めると、僕は夕食を取りに食堂へと向かった。


翌朝、僕は目を覚ますと手早く朝食を済ませて町中を歩くことにした。

ブロンには申し訳ないが彼はお留守番だ。

ノワールを抱きかかえて、領主がよく現れるという通りを歩いていると、後ろから馬車が近付いてくる音が聞こえた。

僕を追い越した馬車は少し歩を進めたところで止まった。

僕が近付くと、馬車の扉が開き一人の中年男性が現れた。

「一人かね。よかったら馬車で送ってあげようか？」

……うーん。

こんな風に声を掛けられてうっかり乗ってしまう人がいるんだろうな。

女の子なら警戒しても、男だったら大丈夫だという油断もあるんだろうね。

「いえ、こんな立派な馬車になんておそれ多い」

そう言ってそこから離れようとしたが、どこから現れたのか、僕の後ろに男が二人立っていて僕の退路を塞いでいる。

「いいから乗りなさい」

有無を言わさぬ口調で告げられて、僕は渋々馬車に乗り込んだ。

ノワールは僕の腕の中でじっとしている。

「なに、別に取って食おうという訳じゃない。しばらく私の屋敷に滞在してくれればいいだけだ」

そう告げる彼に僕はニコリと微笑んだ。

「なるほど。そうやって若い冒険者を攫っていたんですね。だけど、僕に手を出したのはちょっとまずかったですね」

サッと瞳の色を元の紫にしてみせると、彼は信じられないものを見たような目をした。

「そ、その瞳の色は……まさか……」

驚愕（きょうがく）に震える彼に、大きくなったノワールがさらに追い打ちをかける。

『よくもアルを攫おうとしたな～』

ガオッとノワールに凄まれて男は顔面蒼白だ。

「お、お許しください。まさかアルベール様とは露知らず……」

「ラコルデール侯爵ですね。このまま陛下に報告して爵位を剥奪していただいてもいいのですが、何か事情がおありのようですね。よろしければ聞かせてもらえますか」

断罪するのは簡単だが、それは後からでも構わない。

よほどの事情があるからこそ、こんなことを繰り返しているのだろう。

「……わかりました。それでは、ひとまず私の屋敷まで来ていただいてもよろしいでしょうか」

侯爵は覚悟を決めたような顔で提案してきた。

僕が了承するとラコルデール侯爵は馬車を走らせた。

馬車が町の外に通じる門を抜けると、少し離れたところに屋敷が見えた。

領主の屋敷にしてはこぢんまりしている。

町の中の屋敷が大きいから、同じくらいの大きさの屋敷があるのかと思っていた。

ちょっと意外だ。

馬車は屋敷の門をくぐり玄関先へと到着する。

馬車の扉が開くと、ラコルデール侯爵は先に降りて側にいた使用人に応接室の準備を命じ、僕に頭を下げた。

「お待たせいたしました。アルベール様、こちらへどうぞ」

僕とノワールが馬車から降りると、ラコルデール侯爵は僕を応接室に案内した。

落ち着いた雰囲気のある応接室に通されてソファーに座ると、使用人がお茶の準備をする。

「アルベール様。こちらの従魔様には生肉をお出ししてもよろしいでしょうか？」

途端にノワールが尻尾をブンブンと振り出した。

「えっ、お肉？　食べたい！　食べたい！　ねぇ、食べてもいいよね」

そんな期待に満ちた目で見つめられたら駄目とは言えないよね。

「気を使わせて申し訳ないが、よろしくお願いします」

すぐに僕の足元にノワールのためのお皿が出てきて、ノワールが勢いよくお皿に顔を突っ込んだ。

あーあ、そんなにがっついたら僕が普段、ご飯をあげてないみたいじゃないか。

もう少し落ち着いて食べられないかな。

ノワールはあっという間にお肉を平らげると満足そうに口の周りを舐めて、僕の隣に座って毛づくろいを始めた。

そのうち丸くなって寝てしまうんだろうな。

ノワールが落ち着いたのを見計らって、ラコルデール侯爵と話をする。

「以前からこの領内で若い男性が行方不明になった後、他の町で見つかるという事件が起きているそうですね。そのことについてお話を伺えますか？」

　嘘は許さない、という思いを込めてラコルデール侯爵を見つめると、ラコルデール侯爵は覚悟を決めたように話し出した。

「我が家の恥を晒すことになりますが、包み隠さずお話ししましょう。事の発端は十年前に私の息子のジョスランが結婚すると言い出したことにあります。ジョスランは学校を卒業してすぐに、私達に結婚したい女性がいると言ってきました。ちょうど息子の婚約者を決めるためにパーティーを開こうと妻と計画していた時だったので、手間が省けたと喜んでいたのですが……ジョスランが連れてきたのは平民の女性でした」

　ジョスランと彼女は学校で知り合ったらしい。

　学校は貴族と平民とで分かれているが、まるきり接点がないわけではないからあり得ない話ではない。

「多少の身分差ならば目を瞑ることもできましたが、しかし、流石に平民の女性を我が家に迎える訳にはいきません。当然私達は反対しました。私も妻もなんとか説得を試みたのですが、結局ジョスランは家を出て、その女性と駆け落ちしてしまったのです」

　侯爵家のもう一人の子である娘は既に嫁いだ後で、侯爵夫人はジョスランをことのほか、溺愛していたらしい。

「ジョスランがいなくなって妻は半狂乱になりました。私は密(ひそ)かに息子を捜させたのですが、平民と駆け落ちしたなどと言えるはずもなく、大っぴらな捜索ができませんでした」

僕自身も捜された身としては身につまされる話だな。

侯爵夫人はショックのあまり、高熱を出して寝込んでしまったらしい。

「このまま、高熱が続けば命が危(あや)ぶまれるところまで来たのですが、なんとか熱は下がり一命を取り留めました。しかし、目を覚ました妻はまともな判断ができなくなっていました。似ても似つかない少年をジョスランだと言い張るようになったのです」

侯爵はその少年に言い含めて、息子として振る舞ってくれるように頼んだという。

しばらくはそれで侯爵夫人も落ち着いていったらしい。

「だが、その少年が大人びてくると、またジョスランがいなくなったと騒ぐようになったのです」

侯爵夫人の中でジョスランはいつまでも子どものままなのだろう。

子どものままならば『結婚』などと言い出さないだろうからね。

「そこで私はここに屋敷を建(た)てて、年若の少年を連れてきては妻にジョスランだと言って引き合わせているのです」

侯爵夫人は高熱の後で寝たきりになったものの、時折ジョスランを捜しては取り乱すようになったそうだ。

そこで、侯爵は町中で一人きりで活動している冒険者を見つけては勧誘して、夫人のもとに連れてきて話し相手をさせていたそうだ。

話し相手と言っても、一方的に夫人が喋るのにただ相槌を打つだけだったらしい。

しかし、若い冒険者がただ話し相手になるためだけにこの屋敷に留まることを承知するのだろうか？

「ラコルデール侯爵。その冒険者達は本当に快く協力してくれたのですか？」

ほんの数日くらいなら報酬次第で協力してくれる若者はいるだろう。

しかし、少年が大人びてくるまでということは、長ければ一、二年はこの屋敷に留まることになるはずだ。

冒険者ならばそれなりに活動的なことが好きなはずなのに、大人しく屋敷に留まるとは思えない。

「アルベール様のおっしゃる通りです。数日は快く協力してくれましたが、次第に『そろそろ冒険者として活動したいから出ていきたい』と言うようになりました。そこで私は薬を使って彼らの自由を奪い、屋敷に閉じ込めたのです」

そうして、侯爵夫人がその冒険者に対して拒否反応を示すまで屋敷に閉じ込めていたという。

ラコルデール侯爵の行動も大概だが、使用人達はこのことについて何も言わなかったのだろうか。

雇い主に対して抗議はしにくいと思うが、それなりに長く勤めている者ならば進言しそうなものだが……

「閉じ込めるにしても使用人達の協力がないと難しいでしょう。よく協力してくれましたね」

少し嫌味を込めた物言いをすると、侯爵は別の意味に解釈したようだ。

「今この屋敷にいる者は長く勤めている者達ばかりです。皆、妻の悲しみを我がことのように受けとめ、妻の望みを叶えようと必死になってくれているのです」

ラコルデール侯爵は使用人達の行動に感謝しているようだが、僕は少し違うと思ってしまう。

侯爵や侯爵夫人に忠誠を誓（ちか）うのはいいが、間違った行動については諫（いさ）めるのも忠誠心の表れだと思う。それは僕の認識違いだろうか？

「それで、用なしになった冒険者は記憶を消して他の町で発見させるようにしたということですか？」

「はい……薬を使って記憶を消し、置き去りにしていました」

そんな薬を誰が開発しているのかは謎だが、今ここで問いただしても仕方がない。

それよりも現在の侯爵夫人の様子が気になる。

侯爵夫人は息子を求めて取り乱しているのではないだろうか？

「それで、今は侯爵夫人はどうしているんですか？」

屋敷の中にいるにしては声が聞こえない。

今は落ち着いているのだろうか。

「最近までいた少年がいなくなって、また息子を求めて泣いております。防音の魔術を施（ほどこ）しているので声は聞こえないようになっておりますが、いつまでもあのままにはしておけません。それでまた次の若者を探していたのですが……」

そこで声をかけたのが僕だったという訳か。

寝たきりだと言うから一人で放置されているのだろうか。

僕には医療の心得（こころえ）はないが、侯爵夫人を見舞うことで、何かきっかけを見つけられるかもしれない。

「侯爵夫人のお見舞いに行きたいのですが、会えますか？」

「そ、それは……」

僕の申し出にラコルデール侯爵は言葉を濁（にご）した。

僕を見た夫人が、僕を息子と思い離さなくなるかもしれないと思ったのか、病気でやつれた顔を見せたくないと思ったのか。もしくはその両方かもしれない。

しばらく迷った後、ラコルデール侯爵は僕が夫人を見舞うことを了承してくれた。

「わかりました。ご案内いたしましょう。こちらへどうぞ」

ノワールはそのままソファーの上に寝かせておくことにした。

夫人に許可もなく魔獣を連れていって、取り乱されては困るからだ。

「ノワール。ちょっとここで待っててね……それでは行きましょうか」

ラコルデール侯爵と一緒に応接室を出ると、侯爵は家の奥まった場所へ進み、部屋の扉の前に立った。

「アルベール様。中に入っても驚かないでください」

扉を開ける前にラコルデール侯爵は僕にそう注意した。

一体何があると言うのだろうか。

夫人がやつれて様変わりしている？

いや、そもそも夫人の顔を知らないのだから、そんな注意は不要のはずだ。

ラコルデール侯爵が扉を開けると、異様な光景が目に飛び込んできた。

「……これは、一体……」

部屋の窓には板が打ち付けられ、外の景色が見えないようになっていた。

照明は天井に仄暗い明かりが灯っているだけ。

だが、それ以上に異様なのは部屋の中に浮かんだ家具や食器だった。

家具と言っても小さなテーブルと椅子だけだったが、それでも落ちてきて当たったりしたら怪我をしかねない。

「ラコルデール侯爵。これは夫人の仕業ですか？」

ラコルデール侯爵は苦しそうな表情で頷いた。

「そうです。寝たきりになってからこのような力を使うようになりました。魔力切れを起こすと家具や食器は下に落ちるのですが、魔力が復活するとまた浮かび上がらせるのです。ジョスランのふりをさせた若者がいると、こんなことはしないのです」

魔力切れを起こすまで家具を浮かび上がらせるなんて、どれほど体に負担がかかるだろう。

ラコルデール侯爵が身代わりを見つけてくるのも頷ける話だ。

「それなら、家具を置かなければいいのではありませんか？」

「それが……私もそう思って家具を一切置かないようにしてみたのですが……そうすると今度は自分自身を浮かび上がらせたのです」

天井近くまで浮かび上がった夫人を見たラコルデール侯爵は大慌てしたそうだ。

その状態で魔力切れを起こしたらどうなるか。最悪の場合、ベッドではなく床に落ちて怪我をするかもしれなかった。

いくら魔法で治療ができると言っても、すぐに回復魔法が使えるとは限らない。

「最初に倒れた時に、誰かが回復魔法をかけたりしなかったのですか？」

ラコルデール侯爵は悲しそうに首を横に振った。

「我が家には回復魔法を使える者がいないのです」

貴族だから魔力はあるはずだが、皆が回復魔法を使えるとは限らなかったようだ。

それでも、こんな暗く閉め切った部屋に閉じ込められていたら、治るものも治らないよ。

家具と食器が浮かび上がぶ中を通り、侯爵夫人が寝ているベッドに近寄った。

侯爵夫人は虚ろな表情で天井を見ていたが、僕が近寄ったのに気が付いてこちらに目をやった。

息子だと思って声をかけられるかな？

身構えながら侯爵夫人に笑いかけたが、侯爵夫人は僕を無視してまた天井に目を移した。

今の自分が置かれている状況すらわかっていないようだった。

健康な頃の侯爵夫人がどのような体形だったのかはわからないが、以前よりはやせ細っているはずだ。頬はこけ、腕は折れそうなくらい細い。

十年もの間、こんな日の光すら入らない部屋で寝たきりでいるなんて体にいいはずがない。

侯爵夫人が若い男を息子と誤認することは、僕には治せないけれど、寝たきり生活を改善すれば光明(こうみょう)が見えるかもしれない。

まずはこの部屋をなんとかしないとね。

「ラコルデール侯爵。この部屋を改造していいですか？」

「えっ、改造？　何をなさるんですか？」

「あまりにも不健康な部屋なので、侯爵夫人が快適に過ごせるようにして差し上げますよ」

まずは窓に打ち付けられた板を外そう。

魔法で釘を外し、板を一枚ずつ床に下ろしていくと、外の光が徐々に室内に降り注ぐ。

これだけでも随分と雰囲気が変わるな。

完全に現れた窓ガラスに強化魔法をかける。

これで侯爵夫人が浮かべた家具や食器が当たっても、窓ガラスが割れることはない。

天井の明かりも、もう少し明るいものに変えた方がいいかな。

手のひらを天井の明かりに向けて魔力で明るさを調節していく。

あまり明るくなり過ぎたら、夜眠れなくなるからね。少し抑え気味にしておこう。

こんなものだろう、と満足して、ふとラコルデール侯爵を見ると、ポカンと口を開けたまま固まっていた。

そんなに驚くようなことをしたかな？

まぁ、いいや。

ラコルデール侯爵は放っておいて次の作業に進もう。

歩けなくなったからといって、一日中ベッドに寝かされたままというのは可哀想だ。

ここはやはり車椅子を作るべきだろう。

車椅子に乗って外に出たりして、刺激を受けるのが一番いいと思う。

チートスキルの脳内スマホで車椅子について検索すると、詳しい構造が出てきた。

自分で作ろうかと思ったが、ここはやはりこういうものを作るのが得意な人にお願いするのが一番だろう。

ちょうど僕には心当たりがある。

「ラコルデール侯爵。僕はちょっと外出してきますね」

ラコルデール侯爵はようやく落ち着いたようで、コクコクと頷いた。

僕は部屋から廊下に出ると、辺りに人目がないのを確認した。

流石に目の前で姿を消してこれ以上驚かせるのは忍びなかったからだ。

さて、ここからでもドワーフの国に行けるかな？

駄目だったらまたあの森まで行くか。

「ドワーフの国に行きたい」

そう呟くと、僕の体はスッと地中に吸い込まれた。

第五章　新商品の開発

ゆっくりと体が下へ下へと落ちていく。

この感覚も随分と久しぶりだな。

トン、と地面に足が着き、僕は職人さんに会うために歩き出した。

「そこにいるのは誰だ！」

鋭い声が浴びせられたが、その声の主は僕を見て相好を崩した。

「なんだ、アルじゃないか。久しぶりだな。随分と成長したな。今日も王に会いに来たのか？」

現れたのはいつもの騎士のおじさんだった。

「こんにちは。今日は職人さんに用があって来たんです」

「そうか。だが後で王のところに顔を出しておけよ。『会いに来なかった』とむくれられても困るからな」

あー、確かにドワーフ王国に来て挨拶をしないわけにはいかないよね。

「わかりました。後で伺います」

とりあえず、僕は職人さんに会うために再び歩き出した。

洞窟をさらに進んでいくと、やがて職人さん達がいる工房に辿り着いた。

「こんにちは」

扉を開けて声をかけると、相変わらず忙しそうに仕事をしている職人さん達がいた。

「なんだ、アルか。今日は何が欲しいんだ？」

前回、ミートチョッパーを作ってくれた職人さんが、僕に気付いてくれた。

「今日はこういうものを作ってほしいんですが、できますか？」

脳内スマホで検索した車椅子の構造図を職人さんに手渡す。

「なんだ、こりゃ？」

「歩けない人が座ったまま移動できる椅子です」

「面白い発明だな。できるかだって？　当然だろう。儂に作れないものなどないからな」

流石は職人さん。答えに迷いがない。

「できますか？」と聞かれて「できない」とは言えないのだろう。

構造図とにらめっこをしながら作業に取り掛かってくれた。

「邪魔をしては悪いので、僕は王様にご挨拶に行ってきますね」

そう声をかけたけど、職人さんは僕には見向きもせずに作業をしている。

他の職人さん達の邪魔をしないように工房を後にすると、僕は王様に会うために歩き出した。

やがて洞窟内は豪華な造りに変わっていき、玉座の間が近いことを知らせてくる。

「止まれ！　……アルか、久しぶりじゃないか。王は中におられるぞ」

扉の前の騎士に止められたが、すぐに中へ通された。

ドワーフの王様は玉座に座っていたが、側に立っている家臣と小さなテーブルを挟んで何やら難しい顔をしている。

邪魔してはいけないところだったのかな？

だけどそれならば入口で止められるはずだし……

そう思いながら近付いてよく見ると、家臣を相手にリバーシをしていた。

「こんにちは、王様。お久しぶりです」

「おお、アルか。今いいところだからちょっと待っておれ」

僕が現れたことで解放されると踏んでいたらしい家臣が、少しがっかりした顔をする。

下手に手を抜くと怒られそうだから、ちょっと苦労してるみたいだね。

程なくして、リバーシは王様の勝利で幕を閉じた。

家臣はホッとした顔でリバーシを片付けると、一礼して去っていった。

「なかなか面白いな、リバーシは。アルが作ったそうじゃないか」

「王様に気に入ってもらえて嬉しいです。ご無沙汰しています」

「まったくだ。もっと頻繁に来てくれてもいいのだぞ。今日はどうした？　なんだか浮かない顔をしておるのう」

　ドワーフの王様に指摘されて、僕は相談をすることにした。

「実はある御婦人が息子さんが行方不明になって、正気をなくすほど落ち込んでしまったみたいなんです。だけど息子さんを捜すにも手がかりがなくて。もっとも、息子さんに会ったところで御婦人が正気を取り戻すかはわかりませんが……」

　僕は精神科医じゃないから侯爵夫人の息子が戻ったところでどうなるかはわからない。

　ドワーフの王様も僕の話を聞いて難しそうな顔になった。

「それは難しい。人捜しの手助けをしてやりたいところだが、ドワーフの仲間ならともかく人間ではな。すまんのう」

　ドワーフの王様は申し訳なさそうに謝罪してくれるけれど、こればかりは仕方がない。

「ありがとうございます。お気持ちだけで十分です。それに今、工房で作ってもらっているものがあるので……」

　途端に王様はパッと顔を輝かせた。

「なんだ？　また新しいものを開発したのか？　前に教えてくれたミートチョッパーを使ったハン

バーグは絶品だったぞ。また何か美味しいものが作れるのか？」

期待している王様には悪いけど、今回はそういうものじゃないんだよね。

「すみません。今作ってもらっているものは、食べものに関するものじゃないんです」

「なんだ、つまらんな」

そんなあからさまにがっかりされてもねぇ。

そこへ扉が開いて、先程の職人さんが車椅子を押して入ってきた。

「おおい、アル。できたぞー！　どうだ、儂の腕前は！」

ドワーフの王様は初めて見る車椅子に目を丸くしている。

「な、なんだ、それは？　椅子が動くのか？」

玉座を下りて車椅子に近寄り、あちこちから眺めている。

後ろの手押しハンドルを押して車椅子を動かしてみたり、自分で乗って職人さんに押してもらったりしている。

「これは歩けなくなった人が、楽に移動できるようになるものです。事情によって家に閉じこもり寝たきりの生活を送っている人がいるのですが、それでは健康に悪いし気も塞ぐんじゃないかと思って」

僕の説明にドワーフの王様は「ふむふむ」と頷いている。

「怪我をして歩けない時でも、これに乗って移動することができますよ。まあ、魔法で怪我を治しちゃうから必要ないですかね？」

「確かに魔法が使える者には必要ないかもしれんな。それでも不測の事態が起きる場合だってある。こういうものがあると知っただけでもよかった」

そう言いながら、ドワーフの王様は車椅子をなかなか手放そうとしなかった。

後できっと職人さんに車椅子を作らせて、自分が乗って人に押させるつもりだろう。

また新しいおもちゃを手に入れたと思っているに違いない。

まあ、僕には関係のない話なので放っておこう。

そして僕は車椅子を受け取ると、ドワーフの王様と職人さんにお礼を言って、戻ることにした。

侯爵家に戻った僕は車椅子を押して侯爵夫人の部屋に入った。

「アルベール様、それはなんですか？　椅子のような形をしていますが……」

ラコルデール侯爵は僕が押している車椅子を見て目を丸くしている。

「これは車椅子といって、歩けない人が外出できるようになるための椅子です」

「外出？　この状態の妻を外出させると言うのですか？」

ラコルデール侯爵は困惑した顔で僕と車椅子を交互に見つめる。

侯爵夫人は体が弱っているから、大人しく部屋で寝かせておくべきだと思っているのだろう。

確かに動かしてはいけない病人だっているし、その方が健康にいい場合もあるだろう。

だけど、今の侯爵夫人を家に閉じ込めていたって何も解決しない。

部屋の中で一日中寝たきりでいるよりも、外に出てさまざまな刺激を受ければ、何かが変わるかもしれない。

とりあえずやれることはなんでも試してみたいと思ったのだ。

「ここで寝ているよりも外に出て、花を見たり、景色を見たり、風に吹かれたりした方が、侯爵夫人にとってもいい気分転換になると思うんです。一度試してみてはいかがですか？」

侯爵夫人は僕達の会話が聞こえているのかいないのか、相変わらずぼうっとした表情でベッドに横たわっている。

ラコルデール侯爵はしばらく迷っていたが、やがて決心したように頷いた。

「わかりました。やってみましょう」

侯爵夫人を車椅子に乗せる前に、僕は車椅子の背の部分を少し後ろに倒した。

寝たきり状態の侯爵夫人は、まだ椅子に腰掛けられないと思ったので、リクライニング機能を追加してもらったのだ。

ラコルデール侯爵は数人の侍女を呼び、少し斜めになった椅子に侯爵夫人を座らせた。

そしてラコルデール侯爵自ら車椅子を押して部屋の外へ出る。

車椅子は滑らかな走りで廊下を進み、やがて玄関ホールから外の馬車留めに出た。

ここには数段の段差が設けられている。

「ラコルデール侯爵。この辺りにスロープを作ってもいいですか？」

「スロープ？」

「車椅子が通るための通路ですよ。このままではこの段差を降りられないですよね」

そう言うと、ラコルデール侯爵は納得してくれた。

毎回、この段差を車椅子ごと抱えて降りるのは、魔法を使うにしても疲れると判断したのだろう。

僕は玄関の隅に魔法でスロープをこしらえた。

これで車椅子での出入りも簡単にできるだろう。

『アルー！　どこへ行くのー？』

屋敷の中からノワールが飛び出してきた。

そういえば連れてきていたんだっけ。

すっかり忘れてたよ。

『わっ！　何これ！　楽しそう！』

扉から外に飛び出してきたノワールは、目の前にある車椅子に目を留めると、何かの乗りものと僕が止める間もなく、ノワールは侯爵夫人が乗っている車椅子に飛び乗った。

トン、とノワールが侯爵夫人の膝の上に乗ると、侯爵夫人の体がピクリと反応した。

ノワールもそこで初めて侯爵夫人がいることに気付いて目を丸くしている。

『わわっ！　人が乗ってた！　ごめんなさーい』

ノワールの声を聞いて、焦点の合っていなかった侯爵夫人の目が、膝の上のノワールを捉える。

「……いま……しゃべったの……あなた？」

掠れた声で途切れ途切れに侯爵夫人がノワールに話しかけた。

『うん、僕だよー。おばさん、誰ー？』

ノワールは屈託なく侯爵夫人に話しかけるが、僕は頭を抱えたくなった。

いくらなんでも侯爵夫人を捕まえて『おばさん』はないだろう。

車椅子を押して来たラコルデール侯爵も、唖然(あぜん)とした表情でノワールを見つめているが、侯爵が驚いていたのはノワールに対してではなかった。

「ジョスランのことしか話さなかった妻が、他のものに興味を示した。まさか、こんなことが……」

まさかノワールが侯爵夫人の変化の決め手になるとはね。

ラコルデール侯爵が感動に震える中で、侯爵夫人はノワールを優しい目で見つめていた。

「……かわいいわね……なでたい……あら……てが……あがらないわ」

侯爵夫人は必死で手を動かそうとするが、寝たきりの生活で体力が落ちたせいか思うように手が動かせないようだ。

「この子に触りたいのか？　私が触らせてあげよう」

車椅子の後ろに立っていたラコルデール侯爵が横に移動し、侯爵夫人の手を持ち上げてノワールの体に触れさせた。

「……まぁ……ふわふわで……やわらかいわ」

ノワールの体に触れた侯爵夫人の手が、少しずつノワールを撫でるように動き始める。

ノワールが侯爵夫人の手をペロリと舐めると、「ふふっ」と侯爵夫人の笑い声が漏れた。

「……くすぐったい……あら……わたくし……どうして……こんなところに……いるの？」

ここに来てようやく、侯爵夫人は自分が屋敷の外にいることに気付いたようだ。

ゆっくりとした動きで首を動かし辺りを見回して、僕に目を留めピタリと動かなくなった。

「……あら……そちらに……いらっしゃるのは……アレクサンドルさま？　……それとも……マルグリットさま？」

まさかここで両親の名前が出てくるとは思わなかったな。

どちらにもよく似ているとは言われるが、侯爵夫人は僕が息子のアルベールだとは思わなかったようだ。

「はじめまして、ラコルデール侯爵夫人。アルベールと申します」

僕が名乗ると侯爵夫人は口をポカンと開けて固まってしまった。

「……アルベール……さま？　……まさか？　だって……まだ……お小さいはず……」

侯爵夫人が僕を小さい子どもだと思っているということは、侯爵夫人の中では十年前のまま、時が止まっているのだろう。

「アデール。ジョスランが出ていってもう十年以上経ってているんだよ。だからこの方はアルベール様で間違いはないんだ」

ラコルデール侯爵の言葉に侯爵夫人はしばらく目を見開いていたが、やがてそれが現実だと気付いたようだ。

「……じゅうねん？　……もう……そんなに……たつのね？　……あのこは……あれきり……かえって……こないのね？」

そう呟いてポロポロと涙を零す。

その涙を拭おうとしても、腕が上がらないようだ。

『泣かないで。僕まで悲しくなっちゃう』

そう言ってノワールが侯爵夫人の涙をペロリと舐めた。

すると侯爵夫人は泣きながら、顔をほころばせた。

「……ありがとう……なぐさめて……くれるのね……あなたの……したは……ちょっと……ザラザラ……してるわ」

そして侯爵夫人はゆっくりとした動きでノワールの体を撫で始めた。

ノワールは気持ちよさそうにゴロゴロと喉（のど）を鳴らしている。

侯爵夫人はノワールの体を撫でることで、少し落ち着きを取り戻したようだ。

だけど今のままでは侯爵夫人が喋りづらい。

少し回復魔法をかけても構わないだろうか？

「ラコルデール侯爵、侯爵夫人。よろしければ僕に回復魔法をかけさせてください」

「アルベール様がですか？　そんな恐れ多いことです」

ラコルデール侯爵が慌てて首を横に振るが、それほど大仰（おおぎょう）な魔法をかけるつもりはない。

「ほんの少し、お話ししやすくするだけですよ」

そう言って僕は【ヒール】を唱えた。

いきなり効力の強い回復魔法をかけたら、体の負担になるだけだ。

何しろ十年も心神喪失状態だったのだから、心も体も同じようにゆっくりと回復させた方がいいはずだ。

僕が回復魔法をかけ終えると、侯爵夫人の頬にほんの少しだけ赤みが戻った。

「あら、少し体が軽くなった気がするわね。それにちゃんと話せるようになったわ。アルベール様、ありがとうございます」

侯爵夫人は微笑みながら、先程よりもしっかりとした手つきでノワールの背中を撫でている。

「ところでここは玄関ですわね。わたくしは何故こんなところにいるのかしら？」

侯爵夫人の疑問にはラコルデール侯爵が答えた。

薄暗く締め切った部屋に寝かされていたこと。

僕が訪れて改善策を出したこと。

そして車椅子に乗せて外を散歩しようとしていたこと。

その説明をする時に、ラコルデール侯爵はチラリと僕を見た。

きっと若い男を息子と誤認していたことや、その子達を屋敷に留めていたことは黙っていた方がいいのかを確認したかったのだろう。

そこで僕は侯爵夫人に気付かれないように、唇に人差し指を当てた。

ジョスランがいなくなって失意のどん底に落ちた侯爵夫人に、これ以上心の負担を負わせたくないからだ。

もっとも、彼らを連れてきたり、無理に屋敷に留めたりしていたのはラコルデール侯爵で、侯爵夫人に責任はないからね。

ラコルデール侯爵の説明を聞いた侯爵夫人は、自分が今乗っているのが車椅子だと聞かされて驚いていた。

「車椅子ですか？　ベッドにしては随分狭いと思っていましたわ。これが動くんですの？」

侯爵夫人は半信半疑といった様子で、自分の周りをあちこち見回していた。

だが残念ながら今の姿勢では下の車輪までは見えないようだ。

「少し背中を起こしましょうか」

僕は背中のリクライニングを少しだけ起こしてみた。

まだ普通には座れないだろうから、あまり起こせないけどね。

それでも先程よりは視界が変化したようで、侯爵夫人は「まぁ！」と声をあげた。

その状態でラコルデール侯爵が車椅子を押して、庭の花壇まで車椅子を進めた。

「素晴らしいわ。自分で歩けなくてもお庭を散歩できるなんて……だけどあまりお花には近付けないのね……」

座ったままでも外を散歩できることに喜んでいた侯爵夫人だったが、それでも自分の思うように動けないことにがっかりしていた。

だけど自分で歩きたいと思うようになることが重要なのだ。

車椅子はそのきっかけを得るための手段でしかない。

「侯爵夫人。そうやってご自身で歩きたいと思うことが大切なのです。焦らずに少しずつリハビリをすればきっと以前のように歩けるようになります」

「リハビリ、ですか？」

ラコルデール侯爵も侯爵夫人も、聞いたことのない言葉に首を傾げている。

「ご自身で体を動かせるように訓練することです。今は体が弱っておられますが、訓練すればきっと以前のように歩けるようになります」

後でラコルデール侯爵には脳内スマホで検索したリハビリ方法を教えておくことにする。

しばらく庭を散策した後で、侯爵夫人は使用人に連れられ自分の部屋へ戻っていった。

侯爵夫人が戻るのを見送っていると、おずおずとラコルデール侯爵が切り出した。

「アルベール様。こちらの車椅子ですが、一台だけでなく、予備を作っていただけないでしょうか？　図々しいお願いをしていることは承知しております。しかし、この領地にはこういうものを作る技術を持った商会がなく……」

はい？

つまり必要な時にこの車椅子を手に入れられるようにしてほしいってこと？

「はあ……わかりました。僕から王都の商会に連絡しておきましょう。ただ、すぐには来られないと思いますが、それでもよろしいですか？」

王都からこちらへ来るとなると、馬車でも数日はかかるだろう。

僕は転移できるからいいんだけどね。

「ありがとうございます……！　アルベール様には感謝してもしきれません。私はこの十年間、妻のためと言いながら数え切れないほど罪を犯してきました。それなのに、ここまでしていただけるなんて……」

「侯爵夫人のためにしたことです」

僕はラコルデール侯爵に向き直り、じっと彼の顔を見つめた。

「王都に戻っても、僕は事件の真相を父上に報告するつもりはありません。でも、本当に反省しておられるなら、侯爵自身が洗いざらい事情を告白なさるべきです。そして侯爵夫人のために、罪を償ってください」

ラコルデール侯爵はぐっと両手の拳を握って、僕をまっすぐに見つめ返した。

「……かしこまりました。必ず陛下にお話しいたします」

「それでは早速、王都に戻って商会に伝えてきましょう。その間、申し訳ありませんがノワールのことをお願いできますか？」

ラコルデール侯爵に申し出た途端、僕の足元にいたノワールがガバッと伸び上がった。

『えっ、アルってば、僕を置いてっちゃうの！』

ノワールは嫌みたいだけど、僕がノワールを置いていくのには理由がある。

セラピードッグならぬ『セラピーパンサー』として、侯爵夫人のリハビリの手伝いをしてほしいのだ。

「ノワール。ここに残って侯爵夫人のリハビリのお手伝いをしてあげてほしいんだ。ノワールみたいな可愛い子がいたら侯爵夫人もリハビリを頑張れると思うんだよ。ね、いいだろう？」

「可愛い」と言われてちょっと喜んでいるノワールはチョロい……いや、扱いやすいと思う。

『可愛い。テヘヘ。アルにそう言われると照れちゃうなー。わかった。ここに残ってお手伝いするよ……あれ？　お手伝いって何するの？』

ノワールが首を傾げているが、特別なことは必要ない。

ただ侯爵夫人の側にいて、体を撫でさせたり話し相手になってあげたりするだけでいいんだよ。

普通のセラピードッグは会話ができないけど、その点ノワールは高位の魔獣で人の言葉を喋れるから、うってつけだと思う。

「ノワールはただ侯爵夫人の側にいてあげるだけでいいんだよ。ただし、侯爵夫人を焦らせたり、困らせたりしないようにね。まだ体調が本調子じゃないから」

『わかったー！　でも早く帰ってきてね。約束だよ？』

ウルウルした目で僕を見つめるノワールを抱き上げると、ガシッとしがみついてくる。

一通り抱きしめて安心させてやった後で、ノワールをラコルデール侯爵に託す。

「ありがとうございます、アルベール様。ノワール様は私が責任を持って預からせていただきます」

ラコルデール侯爵には後でノワールの食費を渡しておこう。

僕はノワールを置いてラコルデール侯爵の屋敷を出た。

『アル、おかえり。あれ？　ノワールはどうしたの？』

宿に戻るとブロンが僕を迎えてくれたが、すぐにノワールがいないことに気付いた。

「ノワールは侯爵家に残って、侯爵夫人のリハビリのお手伝いをするよう頼んだよ。僕はこれからまた王都に戻るけど、ブロンはどうする？」

王都に戻るための転移陣を準備しながら尋ねると、ブロンはフルフルと首を振った。

『僕はここで待ってるよ。僕を連れての転移はできないんでしょ？』

流石にブロンを連れての転移は無理だ。

部屋の中に馬を連れて現れるわけにいかないからね。

ブロンに乗って飛んで帰ることも考えたけれど、悪目立ちしそうなので却下だ。

ペガサスの存在を知られたら、またパトリック先生のような密猟者が現れないとも限らないからね。

「お留守番ばかりでごめんね。なるべく早く戻るから待っててね」

僕はブロンを部屋に残して魔法陣を開いて、王宮の自分の部屋へ転移した。

第六章　帰宅

魔法陣を使った僕は、あっという間に王宮の自室に到着した。

「まぁ、アルベール様。今度は何事ですか？」

エマが驚いたように部屋に飛び込んできたけれど、大した用事ではないので気恥ずかしい。

「驚かせてごめんね。モーリアック商会のフロランさんに会いたいんだけど、直接行った方がいいかな？」

エマは少しホッとしたような顔になると、軽く頷いた。

「アルベール様が直接お伺いなさるなら、目立たない馬車をご用意いたします。少々お待ちくださいませ」

エマが馬車を手配してくれたので、僕はそれに乗ってモーリアック商会へ行く。

商会の前で馬車を降りて扉を開けると、すかさず一人の女性が声をかけてきた。

「いらっしゃいませ。モーリアック商会へようこそ。本日はどんなご用件でしょうか？」

どうやら入ったばかりの人のようで、僕のことは知らないみたいだ。

「こんにちは。フロランさんに会いたいんだけど、いるかな？　アルが来たと伝えてもらいたいんだけど」

女性は僕がフロランさんの名前を出したことにびっくりしていたが、「少々お待ちください」と言って商会長室へ入っていった。

程なくして扉が開くと、先程の女性が戻ってきて僕を商会長室の中へ案内してくれた。

商会長室に入ると、正面の机にかじり付いて仕事をしているフロランさんが見えた。

相変わらず忙しそうだけど、さらに忙しくさせちゃうかな？

「どうした、アル。今は国内を旅行中じゃなかったのか？」

書類とにらめっこをしながら僕に話しかけてくるフロランさんは、随分とお疲れのようだ。

「お久しぶりです。旅は継続しているのですが、滞在先で困りごとがありまして……ちょっとお願いがあるんですけど、聞いてもらえますか？」

その途端にフロランさんは両手で耳を塞いだ。

……まだ何も言ってないのに酷くない？

「まだ何も話してないのに耳を塞ぐのは止めてもらえませんか？　大体、そんなことをしていたら仕事にならないでしょう？」

勝手知ったるナントカ、で僕は勧められる前に応接セットのソファーに腰掛けた。

フロランさんは諦めたように耳から両手を離すと、椅子から立ち上がって僕の向かいに腰掛ける。

「何を言ってる。お前が絡むとろくなことにならないのは十分学習済みだ。学校に入学してすぐに新しい魔法を開発するわ、グランジュ商会と仲よくなった途端にラーメンを開発するわ、挙げ句に実は王子だっただと？　その後も国家プロジェクトに巻き込まれて、てんてこ舞いだったんだぞ。最近ようやく落ち着いてきたし、お前も留学や旅行で商会に関わらなくなって息抜きができるかと思っていた矢先なのに！」

フロランさんは一気にまくし立てるとゼイゼイと呼吸を荒くした。

そんなふうに並べ立てられると何も言い返せないんだけど、諦めてもらうしかないよね。

「いろいろと申し訳ないとは思っていますけど、僕の素性については僕自身も知らなかったんですから……」

フロランさんは僕が王子だとわかった後もそれまで通りの関係を続けてくれている。

彼は元貴族なので距離を取られるかと思っていた。だから、本当にありがたい。

フロランさんは「ハアー」と大きなため息をつくと先を促した。

「それで？　今度は何を思いついたんだ？」

「実は今、ラコルデール領にいるんですが、ラコルデール侯爵に商会を斡旋(あっせん)してあげたくて。それでこちらに来たんです」

「ラコルデール領だって？　ここから馬車で数日はかかるじゃないか……それで？　向こうに行って何をするんだ？」

僕は車椅子を量産したいことと、ついでに侯爵夫人のリハビリに必要な道具の製作をしたいことを告げた。

「車椅子？　なんだ、それは？」

やはりここでも不思議がられたので、ところどころをぼかしながら、現在侯爵夫人が病気のために歩けなくなっているという事情を話した。

「寝たきりで歩けなくなった？　侯爵家には回復魔法を使える者がいなかったのか。いや、まあ貴族で魔法が使えると言っても、回復魔法を扱える者はそう多くないからな。それで、リハビリとやらをすれば歩けるようになるのか？」

「必ずとは言えないかもしれませんが、少しでも普通の生活に近づけるようにはできると思います。結局歩けなくても、車椅子を使って移動できれば、家の中に閉じこもっているよりはよほどいいと思うんです」

フロランさんはじっと何かを考えていたが、やがてベルを鳴らして人を呼んだ。

ノックの音が響いた後、扉が開いて従業員の一人が顔を出す。

「グランジュ商会に行くから準備をしてくれ。その前に先触れを頼む」

グランジュ商会に行って、どこの商会に話を振るか相談するようだ。

僕もついていって、久しぶりにグランジュ商会にいる同級生のラウルに会いたいが、ブロンを待たせているのでまたの機会にしよう。

「お前はどうせ転移で戻るんだろう？　まったく羨ましい。今度ジェロームにどこにでも行ける転移陣でも開発してもらうかな」

後半は小声だったが、しっかりと僕の耳に届いた。

何故ここで魔術団長の名前が出てくるのかわからずに首を傾げると、フロランさんは「気にするな」としか言わなかった。

以前フロランさんは宮廷魔術団に入っていたそうだから、もしかしたら知り合いなのかな？

そういえば歳も同じくらいだったような気がするな。

ちなみに、僕は未だに何故フロランさんが魔術団を辞めたのかを聞けないでいる。

本人が話さない限り、こちらから聞くことではないと思っているしね。

ああ、いけない。

ブロンが待っているから早く戻るとしよう。

「それじゃ、ラコルデール領でお待ちしていますのでよろしくお願いします」

僕は滞在している宿屋の名前を告げてモーリアック商会を後にした。

再び馬車に揺られて王宮に戻ると、エマが出迎えてくれた。

「アルベール様、お帰りなさいませ。陛下が顔を見せに来るようにとおっしゃられておりましたが、ご都合はよろしいでしょうか？」

前回は会わずに向こうに戻ったからね。

流石に今回は無視できないかな。

仕方がない。少しだけ顔を見せに行くか。

僕はエマに連れられて父上の執務室に向かった。

執務室に入ると、いつものように書類と格闘している父上の姿が目に入る。

「父上、お久しぶりです。お変わりありませんか？」

声をかけると、父上は顔を上げて僕をまじまじと見て、ニヤリと笑った。

「アルベールか。随分と顔付きが変わってきたな。今日はペガサスは連れてきてはいないのか？」

どうやら僕ではなくてブロンに会いたかったようだ。

「残念ですが連れてきていません。飛んで帰るのは悪目立ちしますからね」

父上は納得したように頷く。

「確かに伝説上の生きものとされていたからな。お前から話を聞いても未だに信じられないが」

しみじみとした顔で父上は言うけれど、そんな話をするために呼ばれたのなら、もう用はないだろう。

「父上。他にご用がなければこれでお暇を……」

そう言いかけた僕の言葉を父上がぶった切った。

「ラコルデール領の事件に首を突っ込んだだろう」

ぎく！

「侯爵から先ほど連絡用魔導具で緊急の話があると言われてな。ちょうど騎士団長からお前がそこに滞在していたようだと聞いていたから、慌てて時間を取ったんだ。まあ、予想とはかなり違う話だったが……」

ラコルデール侯爵、行動が速いな。

洗いざらい話せと言ったのは僕だけど、僕が関わっていたことについては口止めしておけばよかった……

「まあ、領地運営に問題はなかったし、被害者は記憶を失くしているから対応が難しい。諸々の事情を鑑みて、侯爵には罰金を科して、当分王家の監視下に置くことで手を打った。怪しい薬の出どころはこれから調査させるつもりだ。それにしても、騎士団長に止められておきながら無茶をするとはな。マルグリットにばれていたら大変だったぞ。今回は私が誤魔化してやるが」

そういえば、騎士団長に止められていたのを忘れていた。

僕は苦笑いして、侯爵夫人のリハビリを予定していることや、既に王都の商会に声をかけたことなどを白状した。

「まったく、お前は周りを振り回すのが得意だな……まあ、流石私の息子といったところか」

父上は大笑いして、パンと両手を打った。

「さて、この話はここで終わりだ。ああ、まだ出ていくなよ。もう一つ伝えておくことがある。来月にお前の婚約披露パーティーを開くからそのつもりでな」

来月？

急すぎませんか？

「随分と急な話ですね。そんなに急ぐのには何か理由があるのですか？」

パーティーの招待状を発送したり、招待客も準備を整えたりしなければならないから、来月というのは時間があるとは言えない。

そして、現在僕は旅行中の身である。

それなのにパーティーを開くということは、その準備のために旅行先と王宮を行ったり来たりしなければならないということだ。王都から離れて他の場所を見て回るという旅の目的が果たせないじゃないか。

すると父上は残念な子を見るような目つきになった。

「ハアー、まったく危機感がないな。リュシエンヌ嬢がどれだけ引く手数多なのかわかってないのか？　一応お前との婚約内定の噂は広まっているが、それでもなおフォンタニエ侯爵家には求婚の申し込みが来るそうだ。中には国外の貴族からの打診もあるそうで、どうにかしてほしいとマルグリットを通じて話が来ている。うかうかしていると他の男に掻っ攫われるぞ！」

ビシッと指を突き付けられ僕は思わずたじろいだ。

確かにあれだけ美人で正式に婚約者も決まっていないとなれば、求婚者は後を絶たないだろう。

それが国内だけでなく国外の貴族からともなればなおさら危うい。

そんな話を聞かされると悠長に旅なんかしていられなくなる。

「フフン！　ようやく事の重大さがわかったようだな。わかったならばさっさとマルグリットとリュシエンヌ嬢のところに行ってパーティーの打ち合わせでもして来い！」

「わかりました、父上。それでは失礼します」

僕は踵を返して足早に父上の執務室から出る。すると、そこにはエマがいた。

「アルベール様。こちらへどうぞ」

エマに連れて行かれた先はお茶会室で、そこには既に母上とリュシエンヌ嬢が待っていた。

僕の姿を見ると、リュシエンヌ嬢はぱあっと輝くような笑顔になる。

久しぶりに見るリュシエンヌ嬢の姿に僕も嬉しさを隠せずにいると、「コホン」と咳払いが聞こえた。

僕とリュシエンヌ嬢がハッとしてそちらを見ると、母上が呆れたような顔をしている。

「わたくしもここにいるのに、アルベールったらリュシエンヌしか目に入らないのねぇ」

まずい！

今から嫁姑問題に悩まされるのか？

なんとか回避しないと……

「申し訳ありません、母上」

「申し訳ありません、お義母様」

僕とリュシエンヌ嬢の謝罪が重なる。

ん？

お義母様？

まだ正式に婚約すらしていないのに、既にリュシエンヌ嬢はそんな呼び方をしているのか？

「何を不思議そうな顔をしているの？　あなたと結婚したらリュシエンヌはわたくしの娘になるのだから、そう呼ぶのは当然でしょう」

それはそうだけど、いくらなんでも気が早すぎない？　というか、二人とも仲がいいじゃないか。

どうやら僕が危惧するような嫁姑問題にはならないようだ。

僕は安心してリュシエンヌ嬢の隣に腰を下ろした。

ふっとリュシエンヌ嬢と目が合って、しばし見つめ合う。

「アルベール！　いちゃつくのは後にして、先に打ち合わせをしますよ」

母上の叱責(しっせき)にリュシエンヌ嬢は頬を染めてうつむき、僕はにっこりと母上に笑いかけた。

「失礼いたしました。どうぞ話を進めてください」

ようやくパーティーに関しての打ち合わせが始まった。

まず、衣装に関しては先日侯爵家で着用したものをそのまま使用することになった。

確かにペアルックだし、着用した時に側にいたのは侯爵夫人だけだったしね。

その他のことに関しても僕はパーティーには詳しくないし、主役はリュシエンヌ嬢だと思うので、母上とリュシエンヌ嬢の決定事項に従うだけだ。

打ち合わせを終えると、母上はまた執務に戻っていった。

リュシエンヌ嬢もこの後、王太子妃教育があるという。

お茶会室を出ていくリュシエンヌ嬢を見送った僕は、またラコルデール領に戻るために自室に向かった。

王宮の自室から転移陣を使ってラコルデール領の宿屋に戻る。

『アル、お帰り』

頭上から声が聞こえたのでそちらを見上げると、ブロンが翼をはためかせて天井辺りを飛び回っていた。

……!?

ちょっと待って！

ブロンのサイズがおかしくない？

いくら厩が併設されていると言ってもそんなに広い部屋ではない。

それなのに何故ブロンが部屋の中で飛び回れるんだ？

「ブロン。もしかして体が小さくなってない？」

バサバサと翼をはためかせて飛んでいるブロンは、どう見てもぬいぐるみのような大きさだ。

『そうなんだよ。じっと待っているのも退屈でどうしようかと思ってさ。小さくなって部屋の中を飛べたらいいな、と考えてたら体が縮んできたんだ。びっくりして慌てて元に戻れって願ったらちゃんと元の大きさに戻れたんだよ。だから安心して小さくなって部屋の中を飛んで遊んでたんだ』

そう言いながらブロンはテーブルの上に着地した。

なんとも可愛いペガサスのミニチュアが、その綺麗な翼をピンと伸ばしている。

紛れもなくブロンの姿がそこにあるけれど、小さすぎて触ったら壊れてしまいそうだな。

足なんて折れそうなくらい細いしね。

おそるおそるたてがみを撫でてやると、嬉しそうに鼻先を僕に擦り寄せてくる。

「ノワールもだけど、ブロンも自分の体の大きさを自由に変えられるようになったんだね。これなら今度転移陣を使う時はブロンも連れていけるかな」

馬の抱きかかえ方なんて知らないので、ブロンには自分で下に降りてもらった。

「それじゃノワールのところに行こうか」

元の大きさに戻ったブロンと一緒に、ラコルデール侯爵の屋敷に向かう。

ブロンの背中に乗ってラコルデール侯爵の屋敷の前に到着すると、すぐに門番が門を開けて通してくれた。

玄関に向かうと使用人が僕からブロンの手綱を受け取り、厩舎へ連れていってくれる。

そのまま案内に従って屋敷の中を進むと、ラコルデール侯爵のもとにたどり着いた。

侯爵は驚いたように僕の顔を見る。

「アルベール様。お早いお戻りで……よろしければ夕食をご一緒にいかがですか？」

お誘いを無下に断るわけにもいかないので、招待を受けることにしよう。

「もちろんです。ところでノワールは迷惑をかけていませんか？」

「迷惑なんてとんでもない。側にいてくれるだけで妻が喜んでいますよ」

どうやらノワールはちゃんとセラピーパンサーとして侯爵夫人の手伝いをしているようだ。

しばらく応接室で雑談をした後に食堂へ案内される。

『アルー、待ってたよー』

そこにはノワールが既に来ていて、夕食に出してもらったお肉を堪能していた。

侯爵夫人はまだ一人で食事ができないので、同席はしないそうだ。

食事を終えると、僕はノワールとブロンを連れて宿屋に戻った。

ベッドに寝っ転がって、フロランさんが来てからのことを考えていると、ノワールとブロンの話し声が聞こえてきた。

『ねぇねぇ、ノワール、見て』

『え、何？　……凄い！　ブロンも小さくなれるんだ！』

『これなら部屋の中を走り回っても大丈夫だよね』

『ホントだー！　追いかけっこができるよ！　やったー！』

あいつらは一体何を言ってるんだ？

途端に部屋の中を走り回る足音が聞こえてきた。

いくら小さくなったからって、部屋の中を走り回るなよ。

ましてやブロンは蹄（ひづめ）があるんだから、床に傷が付きそうだ。

「ノワール！　ブロン！　小さくなったからって部屋の中で走るんじゃない！」

一喝してやったら流石に大人しくなったけどね。

次の日から、侯爵夫人のリハビリのためにノワール達を連れて侯爵家に通うことになった。

ブロンを厩舎に預けてノワールと侯爵夫人のところに行くと、彼女は既にベッドの上で起き上がっていた。

「おはようございます、侯爵夫人。お加減はいかがですか？」

「アルベール様、おはようございます。随分といい感じですわ」

昨日までの侯爵夫人とはうって変わって、血色がいい。

ノワールには引き続きセラピーパンサーとして侯爵夫人の側にいてもらいながら、僕も侯爵夫人の話し相手として屋敷に滞在するという生活がしばらく続いた。やがて王都からフロランさんがやってきた。

その日も侯爵夫人の相手を終えた後だった。

宿屋に戻ると、フロランさん達が待っていた。

「アルベール様、お帰りなさいませ。王都より参りましたモーリアック商会でございます」

他の人の目があるため、フロランさんが馬鹿丁寧に挨拶をする。

「お待ちしていました。わざわざご足労（そくろう）いただき感謝します」

僕も負けじと慇懃に対応する。

フロランさんは自分が連れてきた人物を僕に紹介してくれた。

詳しいことは明日ラコルデール侯爵の屋敷に行ってからになるので、フロランさん達には今日はゆっくり休んでもらう。

宿屋にフロランさん達の部屋を用意してもらい、僕も自分の部屋で休んでいると、ノックの音がした。

扉を開けると、そこにはやはりフロランさんの姿があった。

「遠路はるばるお疲れ様です。どうぞ」

部屋の中に通すとフロランさんはズカズカと入ってきて、ベッドに寝っ転がった。

そこは僕のベッドなんだけど、そのまま寝ちゃったりしないよね？

「随分とお疲れのようですけど、大丈夫ですか？」

ベッドに寝っ転がったまま動かないフロランさんに声をかけると、顔をわずかにこちらに傾けギロリと睨まれた。

「一体誰のせいだと思ってる。こんなところまで来させやがって……」

棘はないけれど、随分と疲れた口調だ。それを言われると返す言葉もないけどね。

「申し訳ありません。だけど僕の無茶振りを聞いてくれる商会と言ったら他に思い浮かばなかったんですよ」

ああ、つい本音を漏らしてしまった。

ラウルと仲よくなってグランジュ商会ともそれなりに付き合っているけれど、やはり子どもの頃から僕の開発したものを作ってくれるフロランさんが一番なんだよね。

「お前にそう言われて喜んでいいのか悲しんでいいのかわからなくなってきたよ。もう少し自重してくれたらこっちも楽なんだろうけどな」

ハアーッと盛大にため息をつくと、フロランさんはゆっくりとベッドに起き上がった。

「おや？　ノワールはどうした？　さっきは一緒にいたよな？」

フロランさんはキョロキョロと部屋の中を見回して、ノワールの姿がないことに気付いた。

「ああ、隣のブロンのところに行ってるんですよ」

「ブロン？　あの白い馬のことか？」

先程挨拶を交わした時に僕が馬を連れていたのを思い出したようだ。

そういえばブロンの紹介はしてなかったな。

「ちょっと見せてもらうぞ。白い馬なんて随分と珍しいな。どこで見つけたんだ？」

そう言いながら隣の厩の扉を開けたフロランさんは、そのまま固まってしまった。

どうしたんだ？　と思いフロランさんの後ろから厩を覗くと、そこには小さくなって厩の中を飛び回るブロンとそれを追いかけるノワールの姿があった。

「ぺ、ペガサス？　それにしては大きさが……それにさっきは普通の馬だったよな……アル！　これは一体どういうことだ！」

あちゃー！

いきなりそれを見ちゃったか。

驚かさないように、最初に普通の馬の状態のブロンを見せてから、ペガサスの姿にさせようと思ってたのにな。

僕達のやり取りを聞いていたノワールがこちらに走ってきた。

『あ、フロランさんだ。久しぶりー』

ノワールはピョンとフロランさんに向かって飛び付いた。

フロランさんは慌ててノワールを受け止めた。

「ノワール、会いたかったよ……あー、このモフモフ、癒やされるなー」

フロランさんはノワールを抱きしめると、その体に自分の頬をスリスリしている。

ノワールのモフモフがフロランさんの癒やしになっているようだ。

自分を追いかけてくるノワールがいなくなってブロンもこちらに飛んできた。

『アル、ノワール。この人誰？』

ノワールが気持ちよさそうに抱っこされているのを見て、喋っても問題ないと察したようだ。

フロランさんは「やっぱりこいつも喋れるのか……」と小声で呟いていたけどね。

「モーリアック商会のフロランさんだよ。僕が小さい頃からお世話になってるんだ。馬の姿の君が見たいんだって。元に戻ってくれるかな？」

ブロンは少し離れた場所に着地すると、翼を消しながら元の大きさに戻っていった。

白馬の姿になったブロンに、フロランさんは目を輝かせる。

「おお、素晴らしい！　これだけでも十分立派な馬じゃないか！　一体どこで手に入れたんだ？」

「フォンタニエ領を訪れた時に侯爵家にいたのを譲ってもらったんですよ。その時にブロンがペガサスだと発覚したんです」

フロランさんは馬の扱いに慣れているようで、ノワールを抱っこしたままブロンを撫でているし、ブロンも嬉しそうにフロランさんに鼻を擦り寄せている。

ひとしきりノワールやブロンを堪能したフロランさんは、この部屋に来た時より多少元気になって自室に戻っていった。

翌日、フロランさん達は馬車で、僕はブロンに乗ってラコルデール侯爵家を訪れた。

ラコルデール侯爵にフロランさんを紹介すると非常に感謝された。

「王都でも一、二を争う商会に来てもらえるなんてありがたいことです。本当に、アルベール様には感謝してもしきれません」

僕にできるのはここまでで、後はラコルデール侯爵とフロランさんの話し合いで決めてもらうことになる。

僕はノワールを連れて侯爵夫人の部屋を訪れた。

侯爵夫人は車椅子に座っていて、その膝の上にノワールを下ろしてやると嬉しそうに顔を綻ばせた。

「まぁ、ノワールちゃん、いらっしゃい。アルベール様もいつもありがとうございます」

「おはようございます、侯爵夫人。僕にできることはこれくらいしかありませんので、お気になさらずに」

本当はジョスランを捜し出してあげたいんだけど、何の手がかりもないしね。

大体、本人が帰りたいと望まないのなら、無理矢理連れてくることはできない。

ノワールと侯爵夫人がたわむれるのを見守りながら、今日も一日が過ぎていった。

第七章　鬼(おに)の里(さと)

その日もノワールを連れて侯爵家を訪れた。

いつものように使用人が迎えてくれて、ラコルデール侯爵と挨拶を交わして、侯爵夫人のところに向かう。

ノワールが侯爵夫人の相手をしている間、僕は席を外すことにしている。

王子という立場の僕がいると、侯爵夫人が落ち着いてノワールと触れ合うことができないだろうと思ったからだ。

その間僕は他の場所で時間を潰(つぶ)すのが日課になっていた。

最初のうちはこの侯爵家の図書室に行って読書をしたりしていたが、やがてそれにも飽きてしまった。

健全な人間に一日中家の中で過ごせと言われても無理がある。

中にはそれが苦でない人もいるかもしれないが、僕には耐えられないと悟った。

前世でも、学校の休み時間には外に出て遊んでいるのが当たり前だった。

そんな理由で、今日はノワールを侯爵夫人のところに向かわせると、僕はブロンを連れて近くの森に散策に行くことにした。

一旦、厩舎に預けたブロンを連れてきてもらって、出かける準備をする。

ブロンはノワールみたいに魔獣を呼んだりしないから問題はないはずだ。

……多分。

ブロンの背中に乗り侯爵家の門を抜けて街道を進んでいくと、やがて木々が鬱蒼と生い茂る森が現れた。

「そうだ、ブロンは何か魔法が使えたりする？」

翼を生やして飛べたり、体を小さくしたりできることは知っているけれど、他に何ができるのかは確かめていない。

『えー、どうだろう？　特に試したことがないから、わからないや』

僕を乗せたまま、ゆっくりと森の中を進みながらブロンはのんびりとした口調で答える。

ノワールもだけど、ブロンもどこかのほほんとしたところがあるよね。

類は友を呼ぶって言うから、レイもそうなのかな？

地面に生えている草をかき分けて森の奥へ進んでいくと、前方に人影が見えた。

誰だろう？

冒険者の人かな？

ブロンの足音と草をかき分ける音が聞こえたのか、その人物がハッとしたように振り向いた。

その姿を目にした途端、僕は思わずブロンの手綱を引いて歩みを止めさせた。

その人の頭には二本の角が生えていたからだ。

あれは、モンスター？

それとも鬼と呼ばれる存在か？

僕がブロンの背中の上で固まっていると、その人物はさっと身を翻し森の奥へ消えた。

『ねぇねぇ、アル。今の人、頭に角が生えてたよね？　もしかして、鬼？』

ブロンに聞かれても僕にはわからなかった。

確かに角が生えているように見えたが、距離があったので見間違いかもしれないのだ。

「よくわからないけど、下手に追いかけないほうがよさそうだ。このまま引き返そう」

相手が何者かわからないまま、追いかけるのは危険過ぎる。

君子危うきに近寄らず。

僕はブロンに回れ右をさせると、森の外に引き返した。

侯爵家に戻ると、ラコルデール侯爵が興奮した状態で僕に駆け寄ってきた。

「おお、アルベール様。お帰りをお待ちしていましたよ。実はモーリアック商会からリハビリとやらに必要な道具を作成したと連絡があったそうなのです」

その件に関してはフロランさんに丸投げしていたので、進捗状況も知らずにいたのだ。

リハビリの道具ができあがったのならば、それを使って侯爵夫人が歩けるように指導をしていくべきだろう。

この世界のお医者さんのことはよくわからない。だから、ラコルデール侯爵に信頼のできるお医者さんを紹介してもらい、リハビリの方法を伝え、道具を渡して、侯爵夫人に合ったリハビリをしてもらうことにした。

「はじめまして、アルベール様。この町で医者をしております、ドミニクと申します」

ラコルデール侯爵が紹介してくれたお医者さんは、優しそうな雰囲気のおじさんだ。

「こちらこそ、よろしくお願いします」

早速僕とラコルデール侯爵は、侯爵夫人の現在の状況を説明して、リハビリについての話をした。

ドミニク医師は医療に関しては素人の僕の話を熱心に聞いてくれた。

僕が王子だということも関係しているんだろうけどね。

とりあえずは侯爵夫人の負担にならないようにリハビリを行ってもらおう。

医者との打ち合わせが終わり、リハビリの道具も揃ったので、そろそろ侯爵夫人のリハビリを始めようというところで、僕はまだ足りないものがあることに気付いた。

それはリハビリを受ける際の侯爵夫人の服装である。

流石にドレスのままでリハビリをさせるわけにはいかないだろう。

それにドレスがめくれて、足が見えてしまうかもしれない。

この世界では女性が足を晒すことは恥とされている。

しかし、乗馬服ではピッチリし過ぎて逆に動きづらいだろう。病み上がりの侯爵夫人にはゆったりした服の方がよさそうだ。

それを考えると、新たに女性用の衣装を開発したほうがいいように思う。

「アルベール様。お話があると伺いましたが、何かございましたか？」

ラコルデール侯爵の執務室を訪れると、すぐに侯爵が聞いてきた。

「お忙しい中申し訳ありません。実はリハビリの際に侯爵夫人が着られる衣装についてお話をしたいと思いました」

ラコルデール侯爵も僕の懸念に頷いてくれる。

どうやら彼も同じことを考えていたようだが、いいアイデアが浮かばなかったらしい。

「こちらで懇意になさっている仕立て屋を呼んでいただけますか？　僕の方から話をして新しい衣装を開発してもらおうと思います」

すると、ラコルデール侯爵は即座に仕立て屋を呼び出してくれた。

急な呼び出しにもかかわらず、その日のうちに仕立て屋がラコルデール侯爵家にやってきた。

応接室に通された仕立て屋は、ラコルデール侯爵とともに僕が現れたことに驚愕していた。

「お初にお目にかかります、アルベール様。まさかこちらの侯爵領にいらっしゃるとは思いもよりませんでした」

そんなに畏まらせるために呼んだんじゃないんだけどね。

「どうか楽になさってください。今日は侯爵夫人の衣装について話をしたくて呼んだだけですから」

僕は前世でのスウェットスーツのような衣装を仕立て屋に提示してみた。

衣装に関してはプロである仕立て屋の意見も聞いてみたいと思ったからだ。

この世界での衣装の素材がよくわからないので、スウェットスーツに適している布地があるのかも知りたい。

流石にファスナーなんてものはないかもしれないが、ウエストや足首をゴムひもにできないだろうか。

「ゴムひもでございますか？　それはどういったものでしょうか？」

やっぱりゴムひももなかったようだ。

仕方がない。

実物を出して見せるか。

僕は魔力を集中させて、テーブルの上にゴムひもを出してみせた。

「こ、これは……」

仕立て屋は初めて見るゴムひもに興味津々のようだ。

僕はゴムひもを手に取ると、両手で持って引っ張ってみせた。

「こんな風に伸び縮みするんですよ。これをズボンの足首に使えば、裾がめくれて足が見えてしまうということはなくなると思います」

実物を見れば魔力がある人は真似をしてゴムひもを出せるだろうし、さらにバリエーションを増やせる人もいるだろう。

ちょうどいい具合にフロランさんがいるので、商品登録はフロランさんにお願いするとしよう。

そんなこんなで衣装作りもほぼ仕立て屋に丸投げしてしまったが、きっといい仕事をしてくれるだろう。

案の定、数日後には仕立て屋が衣装を持って侯爵家を訪れた。

ゆったりとしたスウェットスーツが完成したそうだ。

僕としては大満足なのだが、果たして侯爵夫人はこれを受け入れてくれるだろうか?

ラコルデール侯爵にこのスウェットスーツを手渡して、侯爵夫人に着替えてもらうようにお願いした。

仕立て屋とともに応接室で待っていると、やがてスウェットスーツに着替えた侯爵夫人が、車椅子に乗って現れた。

「まあ、アルベール様。このような衣装を作っていただきありがとうございます。乗馬服だとピッタリし過ぎて動きにくいんですけれど、こちらは動きやすくていいですね」

どうやら侯爵夫人に気に入ってもらえたようだ。

侯爵夫人は衣装を作ってくれた仕立て屋にも労い(ねぎら)の言葉をかけていた。

これで、いよいよリハビリに入ることになる。

車椅子に座ったままで足を動かしてもらうが、やはり今まで寝たきりでいたせいか、思うように動かないようだ。

焦らずに少しずつ筋力を付けていってもらうしかないな。

足の筋力とともに腕の筋力も付けてもらう。

手すりに掴まって歩く練習をする際に、体を支えられなければ意味がないからだ。

腕の筋力を付けるにはダンベルが必要かな。

こちらもサクッと魔法で出して侯爵夫人に渡しておいた。

もちろん登録はフロランさんに丸投げである。

これでリハビリに関しては既に僕の手は必要ないだろう。

いつまでもこのラコルデール領にいるわけにもいかないので、一旦王宮に戻ることにした。

婚約発表のパーティーが開かれる時期が近付いている。

早目に戻らないと母上の機嫌が悪くなりそうだ。

僕はノワールと一緒にブロンに跨ると、王都を目指して出発した。

ちょうど宿を出たところへ、前方から馬車が現れた。

あの紋章はラコルデール侯爵家のものだ。

馬車が停まり、御者が開けた扉の中からラコルデール侯爵が降りてきた。

「アルベール様。ご出発だと聞いてご挨拶に伺いました。この度のことはなんとお礼を申し上げてよいやら……誠にありがとうございました」

ラコルデール侯爵がその場に跪いてお礼を言い出したので僕は慌てた。

こんな道の往来で跪くなんて何事かと、周りは好奇の目を向けてくる。

僕はノワールを残してブロンから飛び降りると、ラコルデール侯爵を立たせた。

「ラコルデール侯爵。お礼なんていりませんよ。それに侯爵夫人はこれからご自身で歩けるように訓練しなければならないのです。僕はただそのきっかけを与えたに過ぎません」

実際に侯爵夫人が歩けるかどうかはわからないし、歩けるようになるにしてもどのくらいの時間がかかるかもわからない。

それにリハビリがつらい、と途中で投げ出してしまう可能性だってあるのだ。今ここでお礼を言われることではない。

「どうか、焦らずにリハビリを続けられるように支えてあげてください。まだ始まったばかりですからね」

ラコルデール侯爵は顔を引き締めて力強く頷いた。

「はい、アルベール様。まずは婚約披露パーティーに出席できるようにさせたいと思います。どうかお気を付けてお帰りください」

僕の婚約披露パーティーの話を持ち出されて、ちょっと乾いた笑顔を浮かべる。

「そ、そう。無理は禁物ですからね……それじゃ、僕はこれで……」

僕は再びブロンの背中に乗ると、ラコルデール侯爵を残してその場を後にした。

町の外に抜ける門を出て、人通りがなくなると僕はブロンに話しかけた。

「ブロン。今は誰も近くにいないから思いきり走っていいよ」

『えっ、ホント？　よーし。飛ばすから二人ともしっかりと掴まっててね』

僕とノワールがしっかりと掴まると、ブロンは猛スピードで走り出した。

周りの景色がもの凄い速さで後ろへ流れていく。

時速何キロくらいになるんだろうか。

この世界で初めての疾走感にワクワクしてくる。

しばらくブロンを走らせているとやがて前方に人影が見えたので、スピードを緩めてもらう。

こうして人をやり過ごしてはスピードをあげて走らせる、を繰り返しているとフォンタニエ侯爵領に辿り着いた。

町の中に入り、中心地にある侯爵家に向けてブロンを歩かせる。

フォンタニエ侯爵夫人とリュシエンヌは既に王都にいると聞いているので、屋敷には代理の者がいるはずだ。

たとえ代理人しかいなくても無視して通り過ぎるわけにはいかない。とりあえず顔を出しておくことにしよう。

フォンタニエ侯爵家に到着すると、顔馴染みの門番の騎士が僕を見て挨拶してきた。

最初にこの侯爵家を訪れた時は正体を隠していたけれど、婚約パーティーのために準備を始めてからは王子の身分を明かしている。

「これはこれはアルベール様。お久しぶりでございます。すぐにお取り次ぎいたしますので少々お待ちください」

門番の騎士はそう僕に告げると、すぐに屋敷に通じる通信機に向かって話し出した。

しばらく会話を交わした後で門が開き、中へ通される。

屋敷に辿り着くと、執事が僕を出迎えてくれた。

「アルベール様。ようこそおいでくださいました。当主代理のエルネスト様がお待ちです」

ブロンを馬丁に預けてノワールを抱きかかえて玄関に降り立つと、扉が開いた。

そこにはリュシエンヌ嬢によく似た美丈夫(びじょうふ)が立っていて、僕を迎えてくれた。

「はじめまして、アルベール様。当主代理を任されております、エルネストです、以後お見知り置きを」

笑ってはいるが、僕を品定めするような目で見てくる。

「この度は我が妹との婚約が決まったそうで、誠におめでとうございます。どうか妹をよろしくお願いします」

そう言って手を差し出してきた。

「はじめまして、エルネスト殿。アルベールです。こちらこそよろしくお願いします」

エルネストの手を握ると、もの凄く力強く握り返してきた。

エルネストは作り笑いのような笑顔で僕の耳元で囁(ささや)く。

「リュシエンヌに理不尽なことをなさったら、たとえ王子といえども容赦はしませんからね。肝(きも)に銘(めい)じておいてください。もちろん弟のクリストフも同じ思いですよ」

いきなりの宣戦布告である。

自分がシャルロットの相手であるフィリップ王子にしたことを考えれば、彼の行動も仕方がないということか。

「もちろん、わかっておりますよ、義兄上。こちらこそよろしくお願いします」

エルネストがキッと睨みつけてくるが、涼しい顔で受け流しておいた。

あの時のフィリップ王子の気持ちが手に取るようにわかるよ。

だけど、フィリップ王子は隣国にいるから滅多に顔を合わせることはないが、こちらは同じ国内にいるのだ。

事あるごとに何か言われそうで、今から先が思いやられるな。

僕達はお互いに笑顔という名の仮面をつけて、当たり障りのない会話をした。

結局、その日はフォンタニエ邸に泊まることになった。

挨拶をしたらすぐに辞するつもりでいたのだが、「アルベール様は我が家に『おもてなしすらできない家』だという烙印を押すつもりですか」などとエルネストが言い出したからだ。

もちろんそんなつもりはないが、彼の機嫌を損ねるわけにはいかないので、お言葉に甘えて宿泊することにした。

翌朝、王宮に向けて出発する僕達をエルネストが見送ってくれた。

「婚約披露パーティーへは私も出席させていただきます。その時にまたお会いできるのを楽しみにしていますよ」

相変わらずの馬鹿力で僕の手を握るエルネストに、僕も同じくらいの力で握り返す。

「お世話になりました。こちらこそ、王宮でリュシエンヌ嬢とお待ちしています」

リュシエンヌの名前を出した途端、さらに力を込められた。

兄でさえこれなんだから、父親であるフォンタニエ侯爵との顔合わせがおそろしい。

でもお互いの母親同士は乗り気なんだから、侯爵夫人がどうにかしてくれるだろう。

フォンタニエ侯爵家の面々が見送ってくれる中、ノワールと一緒にブロンに跨って侯爵邸を後にする。

町の門を抜けて街道をひたすら走らせると、やがて王都の門が見えてきた。

門の前に何やら人だかりがあるが、何事だろうか？

近付くに連れて、そこにいるのは騎士団と町の人達だとわかった。

一体なんの騒ぎだ？

首を傾げつつも近付いていくと、騎士団の中から騎士団長が姿を現した。

「おお、アルベール様。お帰りなさいませ。お迎えにあがりました」

どうやら僕を出迎えるために待っていたらしいが、誰にも帰る日時を知らせた覚えはないんだけどな。

「騎士団長、出迎えありがとうございます。だけどどうして僕の帰る日時がわかったんですか？」

もしかしたら魔術団長が魔力で感知したのかな、と思いつつも尋ねてみた。

「フォンタニエ侯爵家から連絡がありました。そこで陛下から迎えに行くようにとおおせつかりました」

どうやらエルネストが王宮に連絡していたようだ。

確かにあの屋敷には王宮との連絡用魔導具があったな。

騎士団の出迎えはわかるが、町の人達は何故ここに集まっているんだろう？

そう思いながら町の人達に視線を向けた。

すると、突然悲鳴があがった。

「きゃあー！」

えっ、なんだ？

驚きのあまり、ブロンの上で固まっていると、さらに別の声があがる。

「アルベール様がこちらを見られたわ！」

「いいえ！　今のは私を見られたのよ」

などと言い合いになっている。

なんだ、どこかで聞いたような台詞だな。

すると別の方角からも声があがる。

「アルベール様。こちらを向いてくださいませ」

「いいえ！　こちらをお願いします！」

よく見ると、町の人達はほとんどが女性だった。

どうやら騎士団が門に来た際に、僕が帰ってくると聞きつけて集まったらしい。

王族の一員として、国民の声を無視するわけにもいかず、僕は求められるままに視線を向け、時には手を振って答えた。

その度にあちらこちらで歓声とも悲鳴ともつかない声があがり、さらに人が増えるという状況に陥（おちい）った。

ちょっとしたアイドルになった気分だな。

だが、いつまでもここにいるわけにはいかないので、騎士団長に視線を向けると「心得た」とばかりに頷かれる。

「アルベール様。陛下がお待ちですので王宮に戻りましょう。皆の者、道を開けろ！」

騎士団長の号令で、騎士達が町の人達を僕の周りから引き離す。

騎士団長がブロンの手綱を引き、僕を先導する。その後に騎士達がぞろぞろとついてくる。

これだけでも人目を引くのは間違いない。

通行人は「アルベール様」と叫び、手を振っている。家の二階の窓から手を振る人もいる始末だ。まるで凱旋パレードだな。

王宮に着くまで気を抜くことはできず、我関せずと寝ているノワールをつねりたくなった。

ブロンも、いつもと違う町の様子に歩みがギクシャクしていた。

ようやく王宮に着き、僕はぐったりとブロンに体を預けた。

『わっ！　何？　アル、重いー！』

ブロンと僕の間に挟まれたノワールが必死に抜け出そうとしていた。

「ごめんごめん、ノワール」

体を起こすとノワールがブルブルと頭を振った。

『潰れるかと思ったー。あれ？　もう着いたの？』

首をコテンと傾げるノワールに「つねりたい」と思っていたことを後ろめたく思いながら笑い返す。

「そうだよ。皆のところに挨拶に行こうか」

王宮の馬丁にブロンを任せて僕はノワールを抱き上げると、騎士団長と一緒に父上のところに向かった。

だが、案内されたのは執務室ではなくお茶会室だった。

何故ここに？

と、思ったが、扉が開いた途端、納得した。

そこには父上だけでなく、母上とシャルロットとリシャールがいたからだ。

僕が現れたのを見て、父上の隣に立っていた宰相が「では三十分後に」と言って部屋を出ていった。

家族だけになった途端、我先にと四人が駆けてきた。

抱擁されるのは嬉しいけど、若干一名のむさ苦しいおっさんはいらない……かな？

四人に代わる代わる抱擁され――シャルロットとは手を握り合うだけで終わった、残念――僕は既に疲労困憊である。

特に父上の抱擁は、「絞め殺す気か！」と怒鳴りたくなるようなものだった。

もうちょっと力加減を覚えてほしいものだ。

見かねた母上が「いい加減にしないと宰相が来る時間になりますよ」と言ってくれたおかげでようやく解放されたのだった。

それぞれ席に着いてお茶を用意してくれ、側近達が退室してようやく家族水入らずになる。

ノワールは目立たないように部屋の隅っこで丸くなっているが、後で皆に構い倒される羽目になるのは目に見えていた。

「アルベール。無事に戻ってなによりだ。ペガサスも連れて帰ってきたんだろう。乗せてもらうことはできるのか？」

父上のお目当てはどうやらブロンらしい。

「わたくしもぜひ乗ってみたいわ。空を飛んでもらうことはできるかしら？」

……どうやら母上も同じらしい。

「お兄様。ペガサスまで従魔にしたのですか？　伝説の生きものだと思ってましたけど、実在したのですね。お義姉様からとても綺麗な馬だと聞いておりますわ」

シャルロットがさらりとリュシエンヌ嬢を「お義姉様」と呼んでいることに驚いた。

小姑問題もないようでホッとした。

「兄上。僕もペガサスに乗ってみたいです。後で乗せてもらえますよね」

リシャールは少し見ない間に随分と成長したようで、顔付きと体付きが以前と違うように見える。

楽しく団欒を満喫していたが、きっかり三十分で扉がノックされ、宰相が姿を現した。

「陛下。お迎えに参りました。急いで執務室に戻りましょう」

父上の抵抗も虚しく、宰相はさっさと父上を執務室に引っ張っていった。

バタンと扉が閉まり、静寂が戻ってくる。

「相変わらず父上はお忙しいようですね」

何気なく言った一言に母上は呆れたように僕を見る。

「アルベールが新しい商品を開発したから、それについての問い合わせがあるのよ。モーリアック商会から申し入れがあったから無下に断るわけにはいかなかったのよね。何しろ開発者がアルベールなんだから……」

どうやらフロランさんが王宮に連絡をしているようだ。

王宮にしても僕が開発した以上、知らん顔をするわけにはいかないと判断したらしい。

車椅子やリハビリ関連の商品開発が、ここまで大事になるとは思わなかった。

「そうですか。それは父上にも随分と負担をかけてしまいましたね」

ガックリと落ち込む僕の手を母上は優しく握ってくれる。

「そんなことは気にしないで。むしろわたくし達はアルベールに感謝しているのよ」

……感謝？

首を傾げていると、母上はにっこりと微笑んだ。

「わたくし達王族や貴族は魔法が使えるから、多少の怪我でも魔法で治してしまうわ。だけど平民はそういうわけにはいかない。怪我で動けなくなったら、そのまま寝たきりになって一生を終える人がほとんどだったの。だけどアルベールが車椅子やリハビリの道具を開発したことで、元の生活に戻ることができたり、車椅子で外出することができたりするようになるの。国民の生活を守るのは王族の責務なのよ。あなたはそれを立派に果たしてくれているわ。アルベール。陛下に代わってわたくしからお礼を言わせてもらうわ。本当にありがとう」

母上に深々と頭を下げられて僕はたじろいだ。

「母上。頭を上げてください。僕はただ、自分にできることをやっただけですから……」

オタオタする僕を母上はクスクスと笑いながら見ていた。

「もう少し堂々としていらっしゃいな。でも偉ぶらないところがアルベールのいいところでもあるわね……あら、そう言えばノワールはどうしたの？」

ここでようやく母上はノワールのことを思い出したようで、部屋の中をキョロキョロと見回し、部屋の隅で丸くなっているノワールを発見した。

「あら、あんな隅っこにいたのね」

母上の言葉に真っ先に反応したのはリシャールだった。

サッと椅子から飛び降りるとノワールのもとへ一直線に駆け出し、ノワールを抱き上げた。

『うわっ、何？』

寝ているのを邪魔されたノワールが、リシャールの腕の中で藻掻(もが)いている。

抵抗も虚(むな)しく、ノワールはあっさりとリシャールに抱きかかえられて連れてこられた。

「ノワール。久しぶりね。元気だった？　ちゃんと食べてる？　今日は美味しいお肉を用意させるわね」

ノワールは母上の膝の上に落ち着くとゴロゴロと喉を鳴らす。

『美味しいお肉？　うわぁ、楽しみー』

この後、ノワールがシャルロットとリシャールにもみくちゃにされたのは言うまでもない。

シャルロットとリシャールに構い倒され涙目になっているノワールをそろそろ救出してやろうかと思っていた頃、遠慮がちに扉がノックされ侍女が顔を出した。

「申し訳ございません、シャルロット様、リシャール様。そろそろ先生がお見えですので準備をお願いいたします」

どうやら二人は家庭教師の先生が来る時間らしい。

「残念ですわ、お兄様、ノワール。また後で遊びましょうね」

「兄上。後で一緒に剣の稽古をしましょう。先生に筋がいいと褒められたのですよ」

名残惜しげな二人は侍女に急かされ部屋を出ていった。

二人から解放されたノワールはやれやれとばかりにソファーにぐったりと横になった。

母上と二人きりになり、なんの話をしようかと考えていると、またも扉がノックされ、今度は母上が呼び出された。

「王妃殿下。そろそろ執務に戻ってくださいませ」

どうやら母上も仕事の時間のようだ。

母上はほぅっとため息をつくと立ち上がって扉の方に歩いていったが、部屋を出る前にくるりと僕の方を振り返った。

「あ、そうそう。中庭に綺麗な花が咲いているのよ。ぜひ見に行ってね」

そう言い残すと侍女達を従えて部屋を出ていく。

綺麗な花？

まぁ確かに中庭には花が咲いてはいると思うが、母上にそう言わしめるような花などあっただろうか？

大体、前世でも花の名前と言えばバラやチューリップ、ひまわりといった、オーソドックスなものしか知らないし、桜と梅の区別もつかないような男だった。

花を見るのは嫌いではないけれど「綺麗だね」くらいしか感想の言えない僕に、花を愛でる趣味なんて持てそうもない。

それでもせっかくの進言を無にするわけにはいかず、ノワールを抱いてお茶会室のテラスから出て中庭へ歩き出す。

王宮の庭は庭師と魔術師が協力して、一年中花が咲いているように手入れをしている。

そんな色とりどりの花が並んでいる中を歩いていくと、前方の四阿に誰かが座っているのが見えた。

その人物は流れるようなサラサラの淡い金髪をしている。

それだけでそこにいるのが誰かわかって僕の心臓がドクン、と跳ねた。

駆け寄りたいのを必死に堪えて、ゆっくりとした足取りで彼女に近付くと、僕の腕からノワールがパッと飛び降りて駆け出した。

『リュシー！　会いたかったよー！』

大きい声に振り返ったリュシエンヌ嬢を目掛けて、ノワールが飛びつく。

ノワールの突撃に驚きつつも、リュシエンヌ嬢は嬉しそうにノワールを抱きとめる。

あ！

ノワールのやつ、ドサクサに紛れてリュシエンヌ嬢のほっぺたにキスをしている。

しかも胸に顔を埋めているし……

それに愛称で呼んだりして……飼い猫、いや飼いパンサーに先を越されたよ。

心の葛藤を押し隠して、僕はすました笑顔でリュシエンヌ嬢の前に立った。

「リュシエンヌ嬢。お久しぶりです。ただいま戻りました。お変わりはありませんか？」

ノワールを抱きかかえたリュシエンヌ嬢はニコリと笑って立ち上がると、軽くお辞儀をした。

「アルベール様。お帰りなさいませ。無事にお戻りになられて嬉しく思いますわ」

その花のような笑顔に僕は釘付けになる。

しばし二人で見つめ合っていると「コホン」という咳払いが聞こえた。

慌てて振り返ると、そこにはリュシエンヌ嬢の母であるフォンタニエ侯爵夫人が座っていた。

侯爵夫人はクスクスと笑いながら立ち上がりお辞儀をした。

「お帰りなさいませ、アルベール様。無事にお戻りになられて何よりですわ。でも、まさかわたくしの姿が目に入ってらっしゃらないとは思いませんでしたわ。リュシエンヌと一緒に二人の世界に入ってしまうし……」

侯爵夫人の口調は咎めるようなものではなかったけれど、絶対に後で母上に報告がいくに違いない。

しばらくはそれで母上にからかわれそうだな。

「……あ、いや、その……決してそういうわけでは……」

今さら取り繕ったところで、僕がリュシエンヌ嬢にメロメロなのは筒抜けだろう。

リュシエンヌ嬢も侯爵夫人のからかうような言葉に頬を赤く染めている。

僕は気を取り直して侯爵夫人にお辞儀をする。

「ご無沙汰しております、フォンタニエ侯爵夫人。お変わりがないようで何よりです」

それから四阿で腰を下ろし、控えていた侍女にお茶を淹れてもらい、しばし談笑する。

「途中で我が家に立ち寄られたそうですね。うちの息子が何か失礼をしませんでしたか？　何しろリュシエンヌのことになると、見境なくなりますのよ」

フォンタニエ侯爵夫人に言われて、僕は侯爵家に寄った時のエルネストを思い出す。

少し絡まれはしたけれど、そんなに不快なものではなかった。

「大丈夫ですよ。とてもよくしていただきました」

フォンタニエ侯爵夫人はそれを聞いてにっこりと笑った。

「そうですか。婚約披露パーティーでは主人と息子二人がぜひ挨拶をしたいと申しておりました。よろしくお願いしますね」

……マジか。

リュシエンヌ嬢を溺愛している男が勢ぞろいするのか……

パーティーでフォンタニエの男三人と対峙することを思うと、僕の胃はキリキリと痛むのだった。

お茶会が終わりリュシエンヌ嬢をエスコートして四阿を出たが、ノワールはちゃっかりリュシエンヌ嬢に抱っこされていた。

リュシエンヌ嬢が滞在している客間がある棟の手前までやってきたところで、僕はノワールをリュシエンヌ嬢から受け取ろうとした。

『僕、今日リュシーと寝るー』

ノワールはそんな爆弾発言をすると、リュシエンヌ嬢にしがみついて離れなくなった。

……だからなんでノワールが愛称呼びなんてしてるんだよ！

ノワールに文句を言いたいけれど、リュシエンヌ嬢に度量の狭い男だと思われたくはない。

ぐっと堪えてリュシエンヌ嬢に尋ねる。

「ノワールがこう言っているけれど、大丈夫ですか？」

「問題ありませんわ。わたくしもノワールと一緒にいたいと思っていましたの」

それを聞いたノワールが嬉しそうにリュシエンヌ嬢に顔を擦り寄せている。

ノワール、お前！

契約主は僕なんだけどね！

そんな不満をおくびにも出さず、僕はにこやかにノワールに告げた。

「ノワール。リュシエンヌ嬢に迷惑をかけないようにね。それではリュシエンヌ嬢、ノワールをお願いします」

客間へと向かうリュシエンヌ嬢達を見送って、僕は自室がある方へと廊下を歩いていった。

いつもノワールと一緒に歩く廊下を、護衛騎士だけを連れて自室に向かう。

——ふと、廊下の途中にある外部に通じる扉が開いているのが見えた。

特に気にも留めずにその前に差し掛かった途端、黒い影が僕の前に飛び出してきた。

「何者だ！」

護衛騎士が剣を抜くよりも早く、その人物は護衛騎士を殴り倒した。

こんな時にノワールがいないなんて！

魔法で応戦しようとしたが、それよりも先に僕は金縛り（かなしば）りにあったように動けなくなった。

僕の体はいつの間にか拘束され、身動きが取れなくなっている。

その時になって初めて、僕は侵入者の頭に二本の角が生えているのに気付いた。

……まさか、以前森で見かけた鬼？

なんとか逃げ出したかったが、まったく体が動かない。

「そなたに危害を加えるつもりはない。大人しくついてきてもらおうか」

結界が張ってあるはずの王宮に、この鬼はどうやって侵入したのだろうか。

そんなことを考えている間にも僕の体はその人物に引き寄せられていく。

その人物の足元には魔法陣が見えた。

いつの間に、こんなものを？

声を出そうにも、口が開閉するだけで喋ることもできない。

……攫われるのってこれで何回目なんだろうか？

やがて魔法陣がピカッと光り、僕は眩しくて目を閉じた。

目を閉じる時に騎士達が走ってくるのが見えたが、間に合うわけがない。

魔法陣が発動し、しばらくして浮遊感がなくなって目を開けると、そこは見知らぬ場所だった。


今度はどこに連れてこられたんだろう。

辺りを見回そうにも体が硬直して動かない。

目に入るのは家具がいっさい置いてないがらんどうの部屋だけだ。

「こっちに来い」

鬼が僕をどこかに連れて行こうとするが、体が硬直したままなので動けない。

それに気付いた鬼は「チッ！」と舌打ちをすると僕の足に手をかざした。

途端に足のこわばりがなくなって動けるようになった。

「ほら、行くぞ」

足は動くものの手や頭を動かすことはできない。

僕は鬼に引っ張られるようにその部屋を出て、長い廊下を歩かされた。

やがてとある部屋の前まで来ると、鬼は足を止めてその部屋の扉を開け、僕を部屋の中へ引っ張り入れた。

部屋の奥にある執務机の椅子に座っている別の鬼が、目にしている書類から顔を上げずに話しかけてきた。

「サシャか。今、ヴィラルド王国に送る手紙を書いていたんだが、これでいいと思うか？」

ん？　手紙？

それって僕を返してほしければ身代金をよこせとか書いてあるやつか？

まさか自分が営利目的の誘拐にあうとは思ってもみなかった。

一体いくら要求されるんだ？

まさか王位を明け渡せとか書かれているわけじゃないよね。

内心でワタワタしている僕の隣で、サシャと呼ばれた鬼は「フン」と鼻を鳴らした。

「ナゼール。そんなまだるっこしいことはしなくてもいいぞ。俺が今ヴィラルド王国からアルベール王子を連れてきたからな」

サシャの言葉に、ナゼールと呼ばれた鬼が弾かれたように顔を上げた。

その頭にもサシャと同じように二本の角が生えている。

ナゼールさんはサシャの隣に立っている僕を見て驚愕する。

「サシャ！　お前！　一体何をした!?　何故この場にアルベール王子がいるんだ？」

サシャはなんでもないことのように肩をすくめた。

「いちいち手紙を書いて交渉するなんて面倒臭いじゃないか。だから手っ取り早く俺がこいつを連れてきてやったんだよ」

こいつ呼ばわりされてちょっとムッとするが、文句を言おうにも声すら出せない。

一体このサシャはどんな魔法を僕にかけたんだ？

ナゼールさんはしばらく頭を抱えていたが、やがてサシャの側に来るとその顔に拳を振るった。

殴られた勢いで、サシャは開いていた扉から廊下へ弾き飛ばされる。

僕よりも大柄なサシャを弾き飛ばすなんて、ナゼールさんはどれだけの怪力の持ち主なんだ？

目の端にナゼールさんの姿を捉えながら、動けない僕はただ成り行きを見守ることしかできなかった。

「この馬鹿者！　あれほど先走るなと言っただろうが！　他国の王子を拘束魔法で捕らえて連れてくるなんて、なんてことをしてくれたんだ！」

ナゼールさんの言葉を読み解くと、どうやら国に書簡を出して僕を招待するつもりだったようだ。

それをサシャが先走って勝手に僕を攫ってきたらしい。

何が目的で僕をここに招待したかったのかはわからないが、いくらなんでも攫ってくるのはやり過ぎだよね。

「イテテ……馬鹿力め。だってしょうがないだろう。手紙で交渉していたら時間がかかってしまう。俺は一刻も早くあの人を解放してやりたいんだ」

サシャが頬をさすりながら立ち上がる。

僕の斜め前に立つナゼールさんは、サシャの言葉にきつく唇を噛みしめる。

「……それは私だって同じだ。だが、一国の王子を攫ってくるなど戦争になったらどうするんだ」

戦争!?

ナゼールさんの言葉に僕はひやりとした。

僕自身は、前世でも転生してからも戦争は体験していない。

テレビでやっていたどこかの戦争の映像を見たり、日本人ジャーナリストが巻き込まれて死んだニュースを聞いたりしたことがある程度だ。

ここがどこかはわからない。しかし、もし僕の居場所が判明して父上が救助のために騎士団を派遣したら、戦争にならないとも限らない。

できればそんな事態は避けたい。

そんな思いを込めてナゼールさんの方に視線を向けると、ナゼールさんはため息をつきながら僕の拘束を解いてくれた。

「アルベール王子。私の弟が無礼を働いて申し訳ありません。無礼ついでに私のお願いを聞いていただきたいのですが、構いませんか？」

　ナゼールさん達が僕に何をお願いしたいのかはわからないが、自力で帰れない以上は彼らの話を聞くしかないだろう。

　僕がナゼールさんに促されるままソファーに腰掛けると、向かいにナゼールさんとサシャも腰を下ろした。

　二人とも、頭から角を生やしているのは一緒だが、髪の色がまったく違う。

　ナゼールさんの髪は燃えるような赤い色だが、サシャは青い色をしている。

　子どもの頃に読んだ鬼の童話を思い出したが、あれはたしか体の色が赤と青だったはずだ。

　顔は兄弟らしくよく似ていて、どちらも金色の瞳をしている。

「アルベール王子。まずは謝らせてください。この度は私の弟が無理矢理連れてきてしまって誠に申し訳ありません……ほら、お前も謝れ」

　僕に頭を下げたナゼールさんは、隣に座るサシャの頭を片手で押さえつけて、頭を下げさせた。

「痛いってば！　ちゃんと謝るから手をどけてくれよ」

　サシャは自分を押さえつけるナゼールさんの手を振り払って、頭を下げた。

「アルベール王子、すみませんでした」

　その言い方があまりに軽いので、ナゼールさんの怒りがまた爆発する。

「サシャ！　そんな謝り方があるか！　馬鹿者！」

ナゼールさんからアッパーを食らって、サシャがソファーから弾き飛ばされる。

部屋が広いといっても、もう少しで壁に激突しそうでこちらがハラハラする。

うわ、と声を漏らしてから、体が完全に自由に動くことに気が付いた。

「ナゼールさん。もうそのくらいで……サシャさんが怪我をしてしまいますよ」

そんなに何度も殴られたら顔が腫れ上がってしまうんじゃないだろうか？

僕の周りでそんなふうに暴力を振るう人を見たことがないので、どういうふうに対応したらいいのかまったくわからない。

「アルベール王子。お目汚しをして申し訳ありません。でも私達の種族は頑丈にできているので、心配は無用です」

ナゼールさんの言う通り、起き上がってソファーに座り直したサシャの顔には傷一つ付いていなかった。

痛みはあるらしく顔をさすってはいるけどね。

謝罪はいいから、早く用件を済ませて帰らせてほしいものだ。

「ここは鬼の里です。このような見た目ですので、他の国とは関わりをもっておりません。中には幻影魔法で見た目を変えて他国を旅している者もいますが……」

幻影魔法？

以前魔術団長に目の色を変える魔石をもらったことがあるが、そんな魔法があるとは聞いたことがない。それは鬼特有の魔法なんだろうか？

それを僕も使うことができたら、今の旅でも普通の冒険者になりきることができるんじゃないだろうか？

そうしたら、これまでみたいに煩わしい貴族とのやり取りもしなくて済むんじゃないかな。

気にはなったけれど、とりあえずはナゼールさんの話を先に聞くことにしよう。

「それで、ナゼールさんのお願いってなんですか？」

僕が尋ねると、ナゼールさんは少し唇を引き締め、決意したように話し始めた。

「私はアルベール王子が聖魔法を使えるという情報を耳にしたことがあります。それは、本当のことですか？」

ナゼールさんに問われて僕は少し戸惑った。

確かに聖魔法は使えるが、そんなに頻繁に使ったことはない。

それに、聖魔法で浄化をした場面に居合わせた人は限られている。

クレマン父さんとエレーヌ母さん、それにサミィとラウルだけだ。

彼らが誰かに喋ったとは思えないのだが、どうして知っているんだろう。

僕が疑問に思っていることが顔に出ていたようだ。

ナゼールさんはニコリと微笑んだ。

「風の噂で聞いた、とだけ答えておきましょう」

ますますわからない。

問い詰めても答えてもらえそうにないので、早々に諦めた。

僕だってどうして自分が聖魔法を使えるのかはわかっていないしね。

「確かに使えます。つまり、僕に誰かの魂（たましい）を浄化してほしいってことですか？」

するとナゼールさんは悲しそうな表情で頷いた。

「私の妻です」

ナゼールさんの奥さん？

その人を浄化するってことは、奥さんは既に亡くなっているってことだよね。

浄化が必要なら、ナゼールさんの奥さんは幽体になって彷徨（さまよ）っているってこと？

幽体になったままで成仏できていないのならば、僕の聖魔法を試しても構わないけれど、成功するとは限らない。果たして効果があるのだろうか？

「僕の聖魔法でナゼールさんの奥さんを浄化できたらいいのですが、もしできなかったらどうするんですか？」

ナゼールさんは僕の質問に軽く目を見開いたが、すぐに顔を引き締めた。

「その場合は仕方がありません。他の方法を考えます」

他の方法って何かあるのかな？

大体、幽体になること自体があまり普通ではないのに、対処法なんてそうそうあるとは思えないんだけどね。

だけど浄化できなかった場合に関しては僕が口を挟むことではないので、これ以上首を突っ込むのはやめたほうがいいだろう。

まずはナゼールさんの奥さんが今、どういう状態なのか確かめるべきだ。

「それで、ナゼールさんの奥さんはどちらにいらっしゃるのですか？」

この屋敷の中にいるんだろうか？

それともどこかを彷徨っているんだろうか？

「ご案内しましょう」

ナゼールさんは立ち上がると僕についてくるように促して、廊下へ続く扉を開けた。

サシャも不機嫌そうな顔のまま立ち上がり、歩き出す。

僕は覚悟を決めて、ナゼールさんに続いて扉を潜った。

第八章　浄化

部屋から出て少し歩いたところで、ナゼールさんは足を止めるとそこにある扉のノブに手をかざした。

「カチャ」という音で鍵が解錠され、ナゼールさんがその扉を開く。

すると、部屋ではなく地下へ続く階段が現れた。

ひんやりとした空気が地下から流れ込んでくる。

ところどころに明かりが灯してあり、薄明るい中をナゼールさんの後について階段を降りる。

短い廊下の先に扉があって、ナゼールさんはその扉を開いて中に入った。

僕もその後に続いて部屋に入ったが、部屋の中の異様さに驚かずにはいられなかった。

「……こ、これは……」

部屋の中央には一人の女性が佇んでいたが、その人の周りにはドーム型の結界が張ってあった。

一見普通の女性のようだが、その頭にはやはり二本の角が生えている。

この女性が幽体？

結界の中にいる女性はとても幽体とは思えなかった。

いや、確か以前対峙した魔女も、ノワールがその体をすり抜けるまで、彼女が幽体だとは気が付かなかったんだっけ。

「普段はああやって大人しくしているんですけれどね。何かの拍子に変化するんですよ。その後で我に返ると彼女はそれを悔やんで泣き出すのです。いつまでもそれを繰り返す彼女が不憫で……どうか彼女を救ってください」

ナゼールさんは沈痛な面持ちで彼女に目をやった。

彼女はただぼうっとした表情で、心ここにあらずといった感じだったが、やがてその顔に変化が現れた。

無表情だった顔が徐々に歪んでいく。

目は血走った状態で吊り上がり、口も大きく裂けて牙を剥き出しにしている。

まさに鬼の形相だ。

先程までの無表情とはうって変わった彼女に、僕は恐ろしさですくみ上がる。

彼女は結界の端まで来ると、結界を突き破ろうと叩き始めた。

その手の爪は鋭く尖っている。

『ここから出して！　あの子が私を呼んでいるわ！　早く出してよ！』

あの子？

誰のことだろう？

「あの子というのは誰のことですか？」

ナゼールさんはきつく唇を噛み締めていたが、やがてポツリと告げた。

「私と彼女の間に生まれた子どもです」

「だったら、その子どもを連れてくれば彼女は安心して成仏できるのでは……」

そうナゼールさんに言いかけた僕は、彼が食いしばった唇に血が滲むのを見て口を噤んだ。

それができないから彼女は成仏できないのだろう。

それに、そのくらいで彼女が成仏できるのならば、わざわざ僕を攫う必要などないはずだ、と。

「……子どもさんも亡くなられたのですか？」

ナゼールさんはきつく目を閉じて「そうです」とだけ答えた。

結界の中にいる彼女は、やがて力尽きたようにその場に崩れ落ちるとすすり泣きを始めた。

『……ああ、またこんな姿になってしまったわ……どうしましょう……』

泣き出した彼女はしばらくすると何事もなかったかのように立ち上がり、またぼんやりと佇んでいる。

子どもが亡くなったことはわかったが、どうして彼女は幽体になってしまったのだろうか？

僕が尋ねる前にナゼールさんが口を開いた。

「彼女は、反魂の術を使ってしまったのです」

反魂の術？

一体なんのことだろう。

疑問に思っていると、脳内スマホが勝手に検索してくれた。

『西行法師がさまざまな骨を集めてつなぎ合わせ、香を焚いて人造人間を作ろうとした』

『死者を自分の魂と引き換えに蘇らせようとした』

などという言葉が頭の中に浮かんでくる。

結局のところ、彼女は禁術に手を出したということのようだ。

「反魂の術を使って子どもを蘇らせようとしたのですか？」

僕の問いかけにナゼールさんはゆっくりと頷いた。

「そうです。彼女は子どもの死を受け入れられずに、自らを犠牲にして子どもを蘇らせようとしました。しかし、それは失敗に終わりました。一旦目を開けた子どもは彼女を見てにっこりと微笑むと、砂のように崩れてしまったのです」

崩れた？

つまり子どもの体は跡形もなくなってしまったということなのか。

「子どもの遺体すら失ってしまったことに彼女は驚愕し、半狂乱になりました。そして反魂の術を使った代価により、彼女自身も幽体になってしまったのです」

そう言ってナゼールさんは結界の中に佇んでいる彼女に目をやった。

彼女は相変わらずどこを見ているかもわからないような目をしている。

どのくらいの頻度で先程のような状態になるのかはわからないが、ナゼールさんにしてみれば、妻と子を一度に失ったばかりか、奥さんの変わりようを見せ続けられるのは耐えがたいに違いない。

「なんとか彼女を成仏させようと試みましたが、聖魔法を使えない私達には無理でした。そこであちこちから情報を集めた結果、アルベール王子が浄化魔法を使えるという噂を聞いたのです」

ナゼールさんは正式な手続きを踏んで僕に面会を求めようとしたが、サシャが暴走して僕を勝手に連れてきてしまったようだ。

「わかりました。僕に彼女を浄化できるかどうかはわかりませんが、やれるだけやってみます」

あの魔女を浄化してから随分と時間が経っているし、あの後一度も浄化魔法を使ったことがない。

万が一失敗して、彼女の怒りの矛先が僕に向かって来ないとも限らない。

彼女をこうやって結界に閉じ込めているってことは、野放しにしていると何かしらの損害があるってことだろう。

でも、やるしかない。

彼女を解放してあげたいという気持ちに共感したからだ。
「アルベール王子、お願いします。万が一の時は私とサシャで結界を張り直します」
ナゼールさんの言葉に、サシャもコクリと頷いた。
僕は結界の中にいる彼女に向き合うとナゼールさんに合図を送った。
「お願いします」
僕の合図でナゼールさんとサシャが結界を解く。
結界の中にいる彼女は周りの結界が消えたことにピクリと反応した。
どこを見ているかわからなかった視線があちこちを彷徨い始める。
やがて、その目がピタリと僕を見据えて止まった。
『……だれ？』
彼女が僕に向かって呟いた。
僕が答えるより先に彼女の姿が一変した。
『お前が……お前があの子を連れ去ったのね！』
一瞬で般若(はんにゃ)のような姿に変身すると、僕に躍(おど)りかかる。
僕は急いで両手を合わせて彼女のために祈(いの)った。
「どうか、彼女に安らかな眠りを与えてください」

僕の祈りより先に、彼女の鋭く尖った爪が僕の肩に突き立った。

幽体のはずの彼女がどうして僕の体に傷を付けられるんだ？

不思議に思ったが、すぐにその疑問は解消した。

彼女は自分自身の体に憑依していたのだ。

「アルベール王子！」

ナゼールさんが僕に駆け寄るが、今の状態では彼女だけを結界に閉じ込めることができない。

サシャがなんとか僕から彼女を引き離そうとするが、彼女の発する力が強すぎて近付くことすらできないでいる。

「サシャ！　どうにかしてアルベール王子から彼女を遠ざけるんだ！」

ナゼールさんとサシャが彼女の体を引き剥がそうとするのに対して、彼女の爪はどんどん僕の体に食い込んでくる。

だが、その爪から彼女の悲しみが僕に伝わってくる。

「子どもがいなくなって悲しいよね。どうか、あなたが子どものところに行けますように」

すると、彼女の体を金色の光が包んだ。

彼女は自分を捕らえる金色の光から逃れようと必死に身をよじる。

しかし、その金色の光が徐々に小さな子どもの形に変化していくと、彼女は抗うのを止めた。

金色の光がさらにはっきりと子どもの形になるに連れて、彼女の顔も元に戻っていく。

やがて金色の光は一人の赤ん坊の姿になって、彼女にしがみついた。

今にも落ちそうな赤ん坊を彼女は慌てて抱きかかえる。

『……まーま』

拙い言葉で赤ん坊が彼女を呼ぶと、彼女の目から大粒の涙が零れ落ちる。

『レミ？　本当にレミなの？』

彼女は赤ん坊の名前を呼ぶが、抱きかかえた赤ん坊の姿は透き通っていた。

そのことに気付いた彼女はさらに涙を流し続ける。

『ああ、やはり駄目なのね。レミを蘇らせることはできないのね。でもレミはママを迎えに来てくれたんでしょう？』

そう語りかける彼女に赤ん坊は首を横に振ると、その小さな手で僕を指差した。

赤ん坊が指差したことで、彼女はようやく僕を認識したようだ。

『……そう。彼がレミをここへ連れてきてくれたのね。そしてレミと私を浄化してくれるのね』

赤ん坊から僕のことを教えられた彼女は、ふわりとした微笑みを僕に向けた。

『ありがとう。私とレミのために聖魔法を使ってくれたのね。レミに会えて、これで心置きなく旅立てるわ』

彼女が赤ん坊を抱いたまま、ゆっくりと目を閉じようとした時、ナゼールさんが彼女に呼びかけた。

「イヴォンヌ。待って！　まだ行かないでくれ！」

ナゼールさんの呼びかけに、イヴォンヌさんはゆっくりと首を横に振った。

『ごめんなさい、ナゼール。勝手に禁術に手を出して、挙げ句に命まで落としてしまったこと。だけど、レミをどうしても諦められなかったの……だって輪廻教団（りんねきょうだん）のあの人が……』

最後の方はよく聞き取れなかったが、輪廻教団？

なんのことだろうか？

ナゼールさんが必死に彼女達に手を伸ばすが、二人の体は徐々に金色の光の粒へ変わっていった。

『ナゼール。私、すぐに生まれ変われるわ。だって、彼が私達を浄化してくれたもの。ナゼール、また会いましょうね……』

彼女が言い終わると同時に、彼女と赤ん坊の姿もすっかり金色の光に変わった。

ナゼールさんは喜びと驚きの入り混じった顔で僕を見るが、何故そんなに驚いているのだろうか。

「アルベール王子。イヴォンヌの言ったことは本当ですか？　イヴォンヌがすぐに生まれ変わるというのは……」

ナゼールさんに詰め寄られて僕はたじろぐが、反対側からサシャまで僕に詰め寄ってくる。

「どういうことだ？　反魂の術を使った者は禁忌を犯した罪で生まれ変われないはずなのに……」

サシャの発言は余計に僕を混乱に陥らせるものだった。

つまり、僕の浄化魔法は生まれ変わりさえ可能にするということか？

そこでふと、一番最初に浄化魔法を使った時のことを思い出す。

そういえばあの時も、生まれてすぐ亡くなった父さん達の息子であるヴァンの魂と、「生まれ変わったら遊ぼうね」と約束したっけ。

その後でエレーヌ母さんの妊娠が発覚したのだった。

……つまり、ジルはヴァンの生まれ変わり？

その可能性はあるが、本当に生まれ変わりかどうかは、前世の記憶でも残っていない限り確信はできない。

「僕の浄化魔法で本当に彼女が生まれ変われるのかはわかりませんが、一縷の望みがあると思いたいです」

ナゼールさんは少し落ち着きを取り戻したようで、僕に詰め寄るサシャを引き剥がした。

「サシャ、落ち着け。イヴォンヌとレミを浄化してくれただけで十分じゃないか。これで我々も希望を持って生きていくことができる。アルベール王子、ありがとうございます」

ナゼールさんが僕の手を取り、感謝の言葉を告げる。

「いえ。僕の魔法がお役に立てたのならば何よりです。ところで……」

イヴォンヌさんの最期の言葉について聞こうとした時、ドン、という音がして屋敷が揺れた。

慌てて地下から一階に上がると、窓の外の地面に火の玉が落ちてきた。

なんだ？

一難去ってまた一難、か？

火の玉が落ちてきたところには大きな穴が空き、周りの草や木が炎に包まれる。

「くそっ！　敵の襲来か？　すぐに火を消さないと！」

炎を鎮火するために、ナゼールさんとサシャが庭へと飛び出した。

彼らの手助けをするために僕も続いて外へ出ると、上空から声がした。

『アルを返せー！』

……この声は、ノワールか？

上空を見上げると、ブロンの背中に乗ったノワールが向かって来るのが見えた。

その隣を飛んでいるレイの口の中に赤い火の玉が見える。

今にもそれを吐き出しそうだったので僕は慌てた。

あのまま火の玉を吐き出されたら、ナゼールさん達ばかりか僕まで炎に包まれてしまう。

それにこれ以上、ナゼールさん達の里に被害を与えるわけにはいかない。

「レイ！　その火の玉を吐き出しちゃ駄目だ！　僕まで黒焦げになるぞ！」

火の玉を吐き出しかけていたレイは僕の姿が見えたのか、慌てて火の玉を飲み込んだ。

ごっくん！

上空でホバリングしながら火の玉を飲み込んだレイが目を白黒させている。

……口の中から黒い煙が見えるけど、大丈夫なのか？

まあ、自分で作った火の玉だから大丈夫なんだろう。

そういうことにしておこう。

『アルー』

ブロンの背中に乗っていたノワールが上空からダイビングしてくるが、そんな勢いだと受け止めきれないぞ。

咄嗟に風魔法を放つと、風の煽(あお)りを受けてノワールの落下の勢いが弱まる。

目の前まで降りてきたところで風魔法を止めると、ノワールがガバッと抱きついてきた。

『うわーん、アルー！　心配したよ。怪我はない？　僕達が来たからにはもう大丈夫だからね』

そう言うとノワールはナゼールさん達に牙をむくが、そんな子猫くらいの大きさで威嚇(いかく)されても怖くもなんともないと思うよ。

レイとブロンも地上に降り立つと、僕を庇うようにナゼールさん達の前に立ちはだかる。

気持ちはわかるけれど、ペガサスとちっちゃなドラゴンじゃあ、そんなに怖くはないよね。

てか、いつの間に三匹が結託したんだ？

案の定、ナゼールさんとサシャはポカンとした顔でレイ達を見ている。

「皆、落ち着いて！　ナゼールさん達は僕に頼みごとをしたかっただけなんだ。もう用事は済んだから後は帰るだけだよ」

僕が宥めたことでノワール達はようやく警戒を解いたようだ。

「そのブラックパンサー達はアルベール王子の従魔なのですか？　まさかドラゴンにペガサスまでいるとは思いませんでしたよ」

ノワール達が警戒を解いたのを見て、ナゼールさんとサシャが近付いてくる。

ノワールがまた牙をむこうとするので、僕は体を撫でて気を逸らさせた。

「すみません。地面に穴を開けちゃいましたね」

レイの火の玉によって開いた穴と辺りの黒焦げになった草木を、魔法で元通りにする。

レイを睨むとバツが悪そうに目を逸らした。

「いや。元はと言えばサシャが無理矢理連れてきたせいだから気にすることはありません。アルベール王子の従魔達、申し訳なかった」

ナゼールさんがサシャと一緒に頭を下げると、ノワールがペシッとナゼールさんの頭を叩いた。

猫パンチならぬパンサーパンチだな。

『僕のアルを勝手に連れていかないでよ！　すっごく心配したんだからね！』

ノワールはさらにパンチをお見舞いしているが、爪を立ててないのでまったく痛くなさそうだ。

それにしても、いつから僕はノワールの所有物になったんだ？

「もうやめろよ。ナゼールさん、ノワールがすみません」

これ以上、ここにいるとナゼールさんやサシャの迷惑になりそうだ。

「いいえ。このくらいのパンチなら痛くも痒くもないですからね。今度、正式に謝罪に伺います。国王陛下にもそう伝えていただけませんか」

「わかりました。伝えておきます……それじゃ、帰ろうか」

僕はノワールを抱いたまま、ブロンの背中に乗るとレイを伴って鬼の里を後にした。

ブロンの背中に乗って鬼の里を飛び出してしばらく飛んでいると、やがてヴィラルド王国が見えてきた。

見慣れた景色が見えてきてホッとしていると、隣を飛んでいるレイがビクッと体を震わせた。

「レイ？　どうかした？」

レイは僕の質問には答えずに、くるりと回れ右をした。

『ボ、ボク……用事を思い出したから帰るね！』

そう言い捨てると一目散にどこかへ飛んでいってしまった。

……前にもこんなことがあったな……

まさか、また母上が絶対零度の空間を作り出しているのだろうか。

できれば僕も逃げたいのだが、流石にそれは許されないだろう。

ブロンもこの先に何かがあると感づいたらしいが、引き続き飛び続けてもらう。

ノワールも僕の腕の中から逃げ出そうとしているが、そこはガッチリと押さえ込んだ。

『アル～、やっぱり行かなきゃ駄目？』

ブロンがおそるおそる聞いてくるが、言わずもがなである。

徐々にスピードを落としていくブロンを宥めながら、僕達は王宮の人だかりのある場所へ降り立った。

できれば人目に付かないところに行きたかったのだが、そんなことをすれば後で面倒なことになるのはわかりきっている。

人々の先頭に立っているのは、父上と母上、そしてリュシエンヌ嬢だった。

そして武装した騎士団や宮廷魔術団がその後ろにずらりと控えている。

場合によっては全面戦争になりかねなかったようだ。

僕の居場所もわからないのに準備だけしていたのだろうか。

「アルベール！　無事だったか？　一体何があったんだ？」

父上が真っ先に近付いてきて、僕の全身をくまなく調べて無事を確認している。

またしても両親に心配をかけてしまったことを申し訳なく思うが、僕自身も攫われたくて攫われたわけではない。

「父上、ご心配をおかけいたしました。詳しいお話は後ほど、ということでよろしいでしょうか？」

こんな物々しい人達がいる場所では落ち着いて話ができない。

「ああ、そうだな」

父上は後ろを振り返ると、騎士団と宮廷魔術団に向かって声を張り上げた。

「皆の者、ご苦労であった。こうしてアルベールも無事に戻ってきた。武装解除して通常任務に戻るように！」

「「はは っ！」」

騎士団と魔術団の皆は揃ってお辞儀をすると、護衛騎士だけを残してそれぞれの場所へ散っていった。

それを見届けた父上は僕にこっそりと耳打ちをした。

「アルベール。女性陣には気を付けろよ……」

その一言で僕の体がビシッと固まる。

ブロンはジリジリと後退りして僕から距離を取ろうとしている。

ノワールもとばっちりを受けないように逃げようとするが、少しでも女性陣の機嫌を取るためにノワールは必要だ。

僕が父上の後ろに目をやると、そこには氷の彫像のように冷え切った母上とリュシエンヌ嬢がいた。

攫われたのは不可抗力なんだから、そんなに怒らないでほしいんだけどな。

僕はノワールの顔を二人に向けて、にっこりと笑顔で近付いていった。

「母上、リュシエンヌ嬢。ご心配をおかけいたしました。ノワール達が迎えに来てくれたので無事に帰ることができました」

ノワールのおかげか、僕の笑顔の効力かはわからないが、二人の表情が少し緩んだような気がする。

母上の前に立つと、母上は何も言わずに僕からノワールを取り上げ、僕の体をリュシエンヌ嬢の方に押しやった。

無防備なままリュシエンヌ嬢と向き合う形になり、僕はグッと言葉に詰まる。

だけどリュシエンヌ嬢の瞳に涙が滲(にじ)んでいるのが見えて、胸が痛くなる。

「申し訳ありません、リュシエンヌ嬢。あなたにこんな顔をさせるつもりではなかったんです」

そっとリュシエンヌ嬢の涙を指で拭うと、せきを切ったようにポロポロと涙が流れた。

どうやって慰(なぐさ)めればいいのかわからずに周りを見回すが、皆我関せずとばかりにそっぽを向いている。

こういう時にも助けてほしいんだけどな。

少しは目を瞑ってもらえそうなのでリュシエンヌ嬢をそっと抱きしめた。

しばらく彼女が泣くままに抱きしめていると、「ゴホン！」と咳払いが聞こえた。

……残念、時間切れか……

名残惜しみつつ、リュシエンヌ嬢から体を離すと父上がニヤリと笑った。

「さて、何があったのか詳しい話を聞かせてもらおうか」

僕達は王宮の中へ移動した。

「リュシエンヌ嬢。行きましょうか」

「はい、アルベール様」

リュシエンヌ嬢に手を差し出すと、おずおずとしなやかな手が僕の手と重なった。

リュシエンヌ嬢をエスコートして歩き出そうとしたところで……母上に抱かれているノワールが目に入った。

真っ黒な毛並みのはずのノワールの尻尾の先が白く見えるが、あれはもしかして凍(こお)っているのか？

赤ちゃんのように抱っこされているノワールの目がとろんとしていて今にも眠りそうだ。

すると父上がゆさゆさとノワールの体を揺さぶった。

「ノワール！　寝るんじゃない！　寝たら死んでしまうぞ！」

それって雪山登山で遭難した時に言う台詞じゃないのかな？

ってことは、ノワールは母上の冷気に当てられて凍えかかっていたってこと？

「あら、ごめんなさい、ノワール。うっかりしていたわ」

母上が柔らかく笑うとノワールの尻尾の先にあった氷が溶け始めて、ノワールもハッとしたように目を開けた。

『えっ、何？　今僕、どうしてた？』

ノワールに聞かれても母上は素知らぬ顔でノワールを抱っこしたままだ。

父上はやれやれ、とばかりにため息をつくと母上の腰に手を回して歩き始めた。

そのまま皆で父上の執務室に向かうと、そこでは宰相が待ち構えていた。

「お帰りなさいませ、アルベール様。ご無事で何よりです」

僕の姿を目にしてようやく安心したのだろう宰相の顔を見ると、この人にも心配をかけてしまったようだと心苦しく思った。

話をするために席に着くと、ノワールはサッと部屋の隅に丸くなった。

これ以上母上に凍らされたくないようだ。

僕とリュシエンヌ嬢が並んで座ると、その向かいに父上と母上が腰を下ろし、宰相は父上の後ろに立った。

騎士団長と魔術団長はそれぞれ、結界を通り抜けられたことや、僕を護衛しきれなかったことで警備の見直しを図っているらしい。

結界はともかく、伝説の存在である鬼相手に、人間風情がかなうわけないと思うんだけどね。

強くなることは悪いことではないので、口出しするのはやめておこう。

「さて、アルベール。一体何があったのか話してくれるな」

父上に促されて僕はコクリと頷いた。

「はい。僕は鬼に攫われて鬼の里に連れていかれました。そこには幽体になった鬼の女性がいて、聖魔法を使い彼女の浄化をするよう頼まれました」

それを聞いた四人は驚愕の表情を浮かべて僕を凝視(ぎょうし)している。

……何をそんなに驚いているんだろう？

僕が首を傾げると、最初に驚きから立ち直ったらしい父上が口を開いた。

「ちょっと待て、アルベール。今、とんでもないことを聞かされたのだが……鬼に連れ去られただと？　しかもお前が聖魔法を使った？」

　父上に問われて逆に僕も驚いた。

　てっきり父さんから聖魔法を使えることは伝わっていると思っていたからだ。

「鬼に攫われていたですって？　鬼なんて伝説の生きものだとばかり思っていたわ」

　母上の言葉にリュシエンヌ嬢も同意をするように頷いた。

「本当に……まさか実在するなんて思いませんでしたわ……それにアルベール様が聖魔法を使われるなんて……」

　リュシエンヌ嬢もかなり驚いたようだ。

　それにしても聖魔法を使ったことにまで驚くなんて、どこから説明すればいいのだろうか？

　まずは僕が聖魔法を使えることを話しておいた方がいいだろう。

「リュシエンヌ嬢は初耳だろうけど、僕は一歳の頃に攫われて下町で育てられていた時期があるんだ」

　急な話にリュシエンヌ嬢は目を丸くしている。

「王宮から攫われた後、捨てられていた僕を拾って育ててくれた人達には、生まれてすぐに死んでしまった子がいて、僕が祈るとその子の魂が浄化された。それで僕が聖魔法を使えるとわかったんだ」

その後でノワールの母親や、僕を襲ってきた魔女の幽体を浄化してきたことも話すと、リュシエンヌ嬢は声を出すこともできずに驚いていた。

リュシエンヌ嬢が驚いているのとは裏腹に父上と母上、そして宰相は苦り切った顔をしている。

僕はどうして父上達がそんな顔をしているのかわからずに戸惑うばかりだった。

「アルベール。お前が聖魔法を使えるのを知っているのは誰だ？」

父上に問われて、僕は自分が聖魔法を使った時に側にいた人物をあげていった。

「クレマン父さんにエレーヌ母さん。それからノワールとエルフのサミィとグランジュ商会のラウルです」

両親や宰相達にはエルフのサミュエルと友達になったことを伝えているが、リュシエンヌ嬢にはまだ話してていない。後で話しておかなくてはいけないな。

それと先程まで一緒にいた鬼族のナゼールさんとサシャも知っているが、それは数に入れなくても大丈夫だろうか？

父上が何も言わないので数に入れなくてもいいのだろう。

「クレマンとエレーヌは問題ないな。ノワールもサミィも無闇に人に話したりしないだろう。だが、グランジュ商会のラウルはどうだろうか？」

父上は宰相に問いかけているが、何を懸念しているのだろうか？

「一度、呼び出して話を聞いた方がよろしいかと……」

宰相の提案に僕は心の中で思い切り首を振っていた。

貴族でもないラウルを王宮に呼び出すなんて、彼には拷問に等しいかもしれない。

学校時代の対応を責められるかもと戦々恐々となるのは間違いないだろう。

平穏に暮らしているラウルをそんな目にあわせたくない。

「父上。サミィとラウルの前で聖魔法を使った時は二人とも、それが聖魔法だとは認識していなかったように思います」

あの時の魔女が金色の光の粒になって消えていくのをただ、呆然と見送るだけだった。

誰一人、それを聖魔法だとは言わなかった。

「そうか。それならば無闇にラウルと接触するのは避けた方がいいか……」

父上と宰相が頷きあうのを見てホッとするが、僕にはどうして聖魔法が問題になるのかわからない。

「父上。僕が聖魔法を使えることに何か問題があるのですか?」

そこをはっきりさせておかないと、話が進まないと思う。

「……知らないよりは知っていた方がいいだろうな。実は『輪廻教団』という団体が最近国外で幅をきかせていてな。そこの連中は聖魔法で浄化ができる人物を探しているのだ」

輪廻教団？

もしかしてさっきイヴォンヌさんが言っていた？

それに輪廻ってあの輪廻転生のことか？

「その団体に聖魔法を使えることがばれるとどうなるのですか？」

父上達の反応を考えると、もしかしたらその輪廻教団に連れていかれるのだろうか？

「この国ではまだ報告はありませんが、他国では、輪廻教団が接触した人間が行方不明になる事件が相次いでいると伝えられています」

途中から父上に代わって宰相が説明してくれた。

「その行方不明になった人は聖魔法を使えたのですか？」

「確認は取れていませんが、そういう噂があった人物が連れ去られているようです。仮に間違いであったとしても、一度連れ去られたら帰ってくることはないそうです」

間違えて連れ去られても帰してもらえないって、ちょっと酷くないか？

「それにしても聖魔法を使える人物を集めてどうするつもりなんでしょうか？」

「さあな。連中の考えていることなんてわからんよ……だが、そういう連中が活動を続けられるということは、それを必要としている人々がいるということになる。そういう人間がどこに隠れているかはわからない」

……確かに、父上の言うとおりだな。

「これから先もアルベールが連れ去られる可能性があるということだ。くれぐれもアルベールが聖魔法が使えることは秘密にするように……いいな?」

父上に念を押されて、母上とリュシエンヌ嬢も僕とともに頷いた。

父上達の話を聞く限り、輪廻教団の連中はたとえ相手が一国の王子であっても聖魔法の使い手であれば躊躇(ちゅうちょ)せずに連れ去るかもしれない。

だが、間違えて連れ去られた人達はその後どうなったのだろうか?

物騒(ぶっそう)な考えだが、殺されてしまったということもありうる。そうでない場合は洗脳されているか、奴隷のように働かされているか……

そこで僕は、ふとラコルデール領のジョスランのことを思い出した。

長いこと音沙汰がないと聞いて妙な引っ掛かりを覚えたことを思い出す。

……いや、彼は結婚を許可されなかったから家出をしたはずだ。

それにジョスランが聖魔法を使えるとは言ってなかったし……

僕はジョスランの件を頭の隅に追いやって、ナゼールさん達の話をすることにした。

「本来ならばこちらに書状を送って僕を招く予定だったらしいのですが、弟さんが先走って僕を鬼の里に連れていってしまったそうです」

ナゼールさんが鬼の里でどういう立場なのかはわからないが、書状を出そうとしたくらいだから代表者的な立場にあると思う。

もっとも書状に書かれた内容によっては、僕が聖魔法を使えることが皆にわかって、それはそれでまた騒ぎになっただろうけどね。

「鬼の里からの書状か。流石にそのような書状が届いたらこちらは対応に困ったかもしれないな」

ううむ、と父上が顎に手を当てて考え込んだ。

確かにどこかの国からの書状ならば、それなりに対応するだろうが、存在さえ信じられていない鬼の里からの書状なんて、イタズラだと思われても仕方がないよね。

「書状を出そうとしていたのはナゼールさんとおっしゃる方です。今度、正式に謝罪に伺うとおっしゃっていました」

謝罪に伺うってことは、ナゼールさん自らこの国に来るってことだよね。

まさか直接、王宮に転移してくるとか?

いや、正式に謝罪って言うんだから、そんな不躾な真似はしないよね。

だったら正面から堂々と王都に入ってくるってことになるけど、頭に角が生えた鬼が現れたら町中がパニックになりそうだな。

そう考えたところで、ナゼールさんに聞いた話を思い出した。

そういえば、幻影魔法で見た目を変えられるんだっけ。

「正式に謝罪？　鬼がこの国を訪れるということか？　騒ぎにならないか？」

父上もやはり僕と同じことを考えたみたいだ。

「父上、その点は大丈夫だと思いますよ。鬼の中には幻影魔法で見た目を変えて他国を旅している者もいるそうですから……」

「そうか。アルベールがそう言うのならば、間違いはないのだろう。これを機に交流を、とはならないかもしれないが、友好な関係を築ければいいな」

国を統治する者としては、敵対する相手なんていないほうがいいだろうから、父上の言うことはもっともだろう。

向こうは僕を無理矢理連れていってしまったことで負い目があるから、無理難題を言わない限りは大丈夫だろうけどね。

「今日はこれまでにしよう。アルベールは疲れただろうからゆっくり休め……リュシエンヌ嬢もアルベールのことで心配をかけてすまない」

父上に謝罪されてリュシエンヌ嬢は非常に恐縮していたが、一番謝らなければいけないのは僕だ。

「リュシエンヌ嬢、僕からも謝罪させてください。誠に申し訳ありません」

「……いいえ、アルベール様。こうして無事にお戻りいただけたのですから謝罪は必要ありませんわ」

僕達の会話を聞いていた母上がほうっとため息をついた。

「できるだけ二人を早く結婚させたいのだけれど、フォンタニエ侯爵の様子を見る限り、あと五年は無理かしらね……」

あと五年も？

いくらなんでもそれはないよね？

とばかりにリュシエンヌ嬢を見ると、納得したように頷いている。

これはのらりくらりと結婚式の日を延期させられそうだな。

結婚式の話はともかく、まだリュシエンヌ嬢と知り合って間もないし、僕自身も旅をしているから一緒に過ごした時間も少ない。

しばらくは旅に出ずに王宮にいて、リュシエンヌ嬢との交流の時間を増やさないといけないかもな。

父上の前から下がった僕は、ノワールと一緒にリュシエンヌ嬢を部屋の前まで送った。

「明日は一緒に庭を散歩しませんか？」

そう誘うとリュシエンヌ嬢は柔らかく微笑んだ。

「ありがとうございます。お誘いをお待ちしていますわ」

その後僕は自室に戻り、朝までぐっすりと休んだ。

そして翌日。

リュシエンヌ嬢と庭を散歩する時間などなく、僕は父上の執務室に呼び出され、朝から晩まで執務の手伝いをさせられた。

「とりあえず、私の目の届く範囲に置いておけば連れ去られる心配はないだろう」

そんなことを言っているが、結局は自分が楽をしたいだけに違いない。

くそっ！

明日こそはリュシエンヌ嬢と一緒に散歩をするぞ！

父上に直談判（じかだんぱん）した末、少しの時間ではあるが、リュシエンヌ嬢と過ごせる時間を確保することができた。

とは言っても二人きりではなく、誰かしらの付き添いがあるのだが……

婚約者とは名ばかりで自由に会えないのが貴族のつらいところではある。

もっとも前世でも奥手だった僕が、女性と二人きりになって手を出せるとは思えないけれど、リュシエンヌ嬢が相手ならわからない……かな？

今日もリュシエンヌ嬢と約束をしている中庭にある四阿（あずまや）に向かうと、既にリュシエンヌ嬢が待っていた。

歩く速度を速めて四阿に近付いた時、誰かが彼女と一緒にいるようだと気が付いた。その人物が誰なのかわかった途端、僕は息を呑んだ。

……どうして、あの人がここに……

すぐにでも回れ右をして引き返したかったが、僕の姿は確実に彼に捉えられていて、なかったことにはできない。

それに貴重なリュシエンヌ嬢との時間を断念するわけにはいかない。

僕は無理矢理笑みを顔に貼り付けると、颯爽とした足取りで近付いた。

「お待たせして申し訳ありません、リュシエンヌ嬢。そしてフォンタニエ侯爵もお久しぶりです」

リュシエンヌ嬢と一緒に四阿にいたのは、彼女の父親のフォンタニエ侯爵だった。

王宮に勤めているからここにいても不思議はないが、何も娘のデートにまで首を突っ込むことはないと思う。

そんな僕の心を見透かしたように、フォンタニエ侯爵は僕を見てニヤリと笑った。

「これはこれは、アルベール王子。ご無沙汰しております。本日は娘とお茶でもと思ったら王子とお約束があると言うので、私も同席させていただくことにしました。ご迷惑でしたかな？」

口では殊勝なことを言っているが、絶対に悪いとは思っていないに違いない。

そしてこれを機に僕達のデートにしゃしゃり出てくるのは間違いないだろう。

ここでフォンタニエ侯爵の機嫌を損ねるわけにはいかない。

僕の方が立場が上なのは明らかではあるが、フォンタニエ侯爵と不仲になってリュシエンヌ嬢を悲しませたくない。

それに将来、僕達に子どもができたらフォンタニエ侯爵はそっちに夢中になるかも……

そんなことを考えて僕は思わず赤面してしまった。

そんな僕を見てリュシエンヌ嬢が不思議そうに目を瞬かせた。

「アルベール様、どうかなさいました？　お顔が赤いようですが熱がおありなのではないですか？」

リュシエンヌ嬢の言葉に真っ先に反応したのはフォンタニエ侯爵だ。

「なんですと！　それは大変だ！　リュシエンヌに伝染る前にすぐにお休みいただかないと……」

これ幸いとばかりに僕を遠ざけようとするフォンタニエ侯爵に苦笑しつつも、そうはさせじと二人に近付いた。

「大丈夫です。そこまで走ったのでそのせいですよ。熱なんてありません」

四阿に腰を下ろしたが、今舌打ちが聞こえたのは気のせいにしておこう。

リュシエンヌ嬢との楽しいひととき、のはずだったのだが、ことあるごとにフォンタニエ侯爵に邪魔をされた。

二人で話をしていると、会話に割り込んできていつの間にかリュシエンヌ嬢とフォンタニエ侯爵の二人が話していたりする。

リュシエンヌ嬢の小さい頃の話が聞けたりするのはありがたいが、もう少し僕に気を使ってもらいたい。

そのうちに「お時間です」という声がして、泣く泣くリュシエンヌ嬢と別れて執務室に連れ戻された。帰り際に見たフォンタニエ侯爵の満足そうな笑顔が余計に僕を落ち込ませる。

どうにかしてフォンタニエ侯爵に一泡吹かせてやりたい。

フォンタニエ侯爵だって仕事があるから、そうそうリュシエンヌ嬢とのデートに顔を出せるはずはない。

それから僕は自分の立場を利用して、フォンタニエ侯爵に仕事を割り振るようにした。

しかし、敵もなかなか手強く、僕の割り振った仕事を別の人物に押し付けたりする。

こうして僕とフォンタニエ侯爵との攻防が白熱化して来た頃、しびれを切らしたのは父上だった。

「いい加減にしろ！　アルベールも悪いがフォンタニエ侯爵もだ。普通に仕事ができないのならば二人ともリュシエンヌ嬢との接触を禁止するぞ！」

僕とフォンタニエ侯爵は父上に呼び出され雷を浴(あ)びた。

流石にそれだけは勘弁してほしいと、僕達は渋々父上の前で和解した。

やれやれ。恋人の父親と同じ職場なんて、なるもんじゃないね。

その日も手伝いをするために、いつものように父上の執務室を訪れた。

扉の前に立っている騎士の一人が扉を開けてくれて中に足を踏み入れたが、執務室の中は妙な雰囲気に包まれていた。

「おはようございます、父上……何かあったのですか？」

宰相はともかく、いつもはこの場にいない騎士団長と魔術団長までいることに驚いた。

この二人がここに呼び出されるのは何か問題が起こった時だけだ。

「アルベールか。実は差出人不明の書簡が届いてね。どう対処すべきか話していたところなんだ」

差出人不明の手紙なんて普通は国王にまで届くことはあり得ないのに、どうして届いたんだろう。

「いつもでしたら差出人不明の書簡などは文官の手で開封されて処分されるのですが、何故かこの書簡は未開封のまま、ここに届けられたのです」

疑問に思っている僕に、宰相がこの書簡がここまで来た経緯を説明してくれた。

「それってまさかその書簡には魔法がかけられているということですか？」

それで魔術団長が呼ばれたのだろう。書簡の内容によっては危険な事態になるかもしれないので、騎士団長も一緒に呼び出されたようだ。

「どうもそうらしい。だから魔術団長にも来てもらったのだが、どのような魔法が使われているのかはまだわからないのだ」

魔術団長は手にした書簡を検分しているが、まだ開封はしていないようだ。

「私の力が及ばず申し訳ありません。ただ、この書簡の開封は一定の条件がそろわないとできないようなのですが、それが何かはまだわからないのです」

一定の条件？

ここに送られてきたということは、その一定の条件が満たされる可能性があるということに他ならない。

そんな魔法がかけられた書簡って一体何が書かれているんだろう。

僕はちょっとワクワクしながら魔術団長に申し出た。

「ジェロームさん。僕にもその書簡を見せてもらってもいいですか？」

僕のわくわくが伝わったのか、魔術団長はクスリと笑うと書簡を差し出した。

「もちろんです。どうぞご覧ください」

魔術団長が差し出した書簡の表面には「ヴィラルド王国王宮宛」と書かれていた。

この宛名書きだけでも他の書簡とは違う。

受け取ろうと手を伸ばした途端、書簡から発せられる魔力に覚えがあることに気付いた。

この魔力って、もしかして……

僕がその書簡に触れると同時に書簡がピカッと光り、ひとりでに開封した。

「なるほど。どうやらアルベールが鍵だったようだな」

父上の納得したような声に宰相達も頷いている。

やはりこの書簡はナゼールさんが送ってきたものに間違いないようだ。

それならば最初から宛名に僕の名前を書いておけばいいような気もするんだけどね。

それだと僕一人の時に開封されるかもしれないので、首脳陣が揃ったところで開封されるようにしたのだろう。

僕は書簡の中から書状を取り出すと、ざっと目を通して父上に渡した。

「やはり鬼の里のナゼールさんからの書状です。近いうちに謝罪のためにこの国を訪れたいそうです」

父上も書状に目を通すと、後ろに控えている宰相に手渡した。

続いて騎士団長と魔術団長にも順番に渡る。

「謝罪は構わないが、その返事はどうやって送ればいいんだ？　使者がこの書簡を持ってきて返事を待っているのならばともかく、宛先もわからないのにどうするんだ？」

確かに父上の言うとおりだな。

そういえば、前世では返信用の封筒が同封されていたけれど、まさかこれにも入って……いた！

書簡の中に別の紙が入っていることに気付いた僕は、それを父上に差し出した。

「どうやらこれに返事を書けばいいみたいですよ」

書簡に魔法がかかっていたのだから、この紙にも何らかの魔法がかけてあるに違いない。

父上は受け取った紙を裏返したりして検(あらた)めていたが、何の特徴もない普通の紙に見える。

「陛下。私にも見せていただけますか？」

魔術団長も紙を手にとって検分していたが、どんな魔法がかかっているかはわからないようだ。

父上は魔術団長から紙を受け取ると、返事を書き出した。

『ナゼール殿の訪問を許可する　ヴィラルド王国国王アレクサンドル』

簡潔な文面に署名をすると、紙は突然ピカッと光って一匹の蝶に姿を変えた。

呆然とする僕達の前で、蝶はひらひらと舞い上がって、しばらく執務室の中を飛んだ後でフッと姿を消した。

蝶が姿を消した途端、部屋の空気がいっぺんに軽くなった。

皆、見知らぬ書簡に知らず知らずのうちに緊張していたらしい。

魔術団長が眉を寄せながら呟く。

「さて、どうなることか……」

「ひとまず様子を見るしかないだろうな」

父上の言葉に頷いた騎士団長と魔術団長が退出していき、僕達はまたいつもの執務に戻った。

第九章　輪廻教団

翌日も、父上の執務室でいつものように執務の手伝いをしていると、どこからともなく現れた蝶がひらひらと室内を飛び回り出した。

どこに着地をするのかと僕達が見守る中、蝶はなおもひらひらと父上の机の周りを飛んでいる。

何事かに気付いた宰相が、サッと父上の机の上の書類を脇に除けると、蝶はふわりと何もなくなった場所に舞い降りた。

蝶はしばらく羽をひらひらさせていたが、パタリとそれを閉じ合わせると一枚の紙に変化した。

僕は立ち上がると父上の机に近寄って、その紙を覗き込んだ。

やはりそれはナゼールさんからの手紙に間違いなかった。

『ヴィラルド王国国王アレクサンドル様
入国を許可していただきありがとうございます。

本日午後にお伺いいたします。

ナゼール』

宰相が父上に代わってその手紙を読み上げる。

昨日の今日でこの国を訪れるという内容に驚いた。

「今日、ナゼールさんが来られるんですか？　なんの準備もできていないのに早すぎませんか？」

普通、他国からのお客様が来る場合は、きちんと通達があって、人数なども事前に知らされるものだ。

それをしないでいきなり訪れるなんて、こちらの都合を何も考慮していないようだ。

おたおたしている僕に父上は呆れたような顔をする。

「何を慌てているんだ、アルベール？　ちょっとは落ち着け！」

ピシャリと言われてよく見ると、父上も宰相も平然としたままだ。

そんな二人を見たら、おたおたしていた自分が馬鹿みたいだ。

「おそらく非公式に訪れるという意味だな。つまりお前を連れていった時のように魔法陣を使って来るのだろう」

父上の言葉に宰相は頷きながら補足した。

「そうでしょうね。今回はあらかじめ連絡をもらえただけマシでしょう」

宰相は執務室の外に立っている騎士の一人に、魔術団長を呼ぶように伝えた。

程なくして魔術団長がやってくる。

「お呼びと伺いましたが、何かありましたか？」

「先程これが届いた。おそらく魔法陣で転移してくるつもりだろう。結界に何かしらの反応があっても慌てずに対処してくれ」

父上はナゼールさんからの返事を魔術団長に見せながら注意を促した。

それを聞いた魔術団長は苦り切った顔をしている。

「魔法陣で転移ですか……あまり嬉しくはないですね。宮廷魔術団の仕事をないがしろにされているような気分になります。これを機にもっと強力な結界の開発を急がないといけませんね」

魔術団長が何やらブツブツと呟いているが、目がすわっていて恐ろしい。

父上はそんな魔術団長にすべてを任せることにしたようだ。

「そうだな。前にもドラゴンに学校の結界を破られたしな。結界の強化はお前に任せるよ」

「承知いたしました。それでは私はこれで失礼します」

魔術団長がいそいそと執務室を出ていったが、まあ流石にすぐには結界の強化はできないよね。

魔術団長が消えた扉をぼんやりと見ていると、「アルベール様」と宰相に呼ばれた。

「はい？」

何故呼ばれたのかわからずに振り返ると、宰相がいい笑顔で書類の束を差し出した。

「午後からお客様がいらっしゃることになりましたので、急いでこちらの書類を片付けていただけますかな？」

うひっと息を呑んで父上を見ると、父上の机には僕の倍以上の書類が積み上げてあった。

「さあさあ、お急ぎにならないと食事の時間がなくなりますよ」

宰相がさらにニコニコ笑顔で僕に告げる。今日のお昼をリュシエンヌ嬢と一緒に取ることを知っているんだろう。

リュシエンヌ嬢との貴重な時間は短縮させないぞ！

僕は宰相から書類を受け取ると自分の机に戻り、書類を片付けていった。

この後、無事にリュシエンヌ嬢との食事を楽しんだのは言うまでもない。

昼食を終えてまた父上の執務室に向かったが、何故か騎士団長と魔術団長がついてきた。

「危険はないと思いますが、万が一のため護衛に付かせていただきます」

などと騎士団長はうそぶいていたが、きっと鬼に会いたいだけに違いない。

魔術団長の場合はあわよくば、鬼が使う魔法とか、蝶に変化する書簡について教えてもらおうと思っているのだろう。

ナゼールさんが来る明確な時間は知らされていないので、それまでは皆で歓談をして過ごしていた。

だがその時間も長くは続かなかった。

どこからか蝶が現れ、ひらひらと執務室の中を飛び始める。

皆でその蝶の動きを目で追っていると、今度は扉付近の空いたスペースをひらひらと回り始めた。

床に止まると同時に、蝶は魔法陣に変化した。

その魔法陣がピカッと光ると、空気のゆらぎとともに二人の人物が姿を現す。

現れたのはやはりナゼールさんとサシャの二人だった。

二人はソファーに座っている僕と父上に向かって跪くと、深々と頭を下げた。

「国王陛下、そしてアルベール王子。この度は訪問を許可していただきありがとうございます。鬼の里で首領をしておりますナゼールと申します」

「兄の補佐をしておりますサシャと申します。こちらは先日のお詫びの品です。どうかお受け取りください」

サシャが差し出した箱を、魔術団長が手をかざして検分した後で受け取り、騎士団長に手渡した。

騎士団長がその箱を開封して中身を確かめ、宰相に手渡す。

宰相も中身を確認すると、ようやく父上の前のテーブルにその箱が置かれた。

木でできた箱だが、周りには手の込んだ装飾が彫(ほ)られている。

この箱だけでも十分に価値がありそうだが、父上が開けた箱の中身を見てさらに驚いた。

箱の中には色とりどりの宝石が入っていたのだ。

「これはまた、随分と高価なものを……こんなにいただいてよろしいのか？」

父上の問いかけにナゼールさんは顔をあげて頷いた。

「もちろんでございます。我らの里には宝石の取れる山があり、それを時折売って生計を立てております。それに今はそれを贈るような女性がおりませんので……」

ナゼールさんの言葉に、僕はナゼールさんの奥さんを浄化した時のことを思い出した。

サシャも僕を攫ってまで彼女を浄化したいと願っていたのだから、もしかしたら彼女のことを好きだったのかもしれない。

父上は箱の蓋を閉じると宰相に手渡し、跪いたままのナゼールさんとサシャに座るようにソファーを勧めた。

ナゼールさんとサシャは恐縮しながらもソファーに腰掛けた。

「ナゼール殿。鬼と伺ったが、角はお持ちでないのか？」

それで僕は初めて二人の頭に角が生えていないのに気が付いた。

「本日は幻影魔法で角を隠しております。万が一、他の方に見られてもいいようにして参りました」

この執務室に事情を知らない者が現れてもいいようにしてきたのだろう。

「先日は無理矢理アルベール王子を鬼の里に連れ去ってしまい、誠に申し訳ありませんでした」

ナゼールさんと同時にサシャも僕と父上に向かって深々とお辞儀をする。

「ナゼール殿の謝罪を受け入れましょう。それよりもノワール達がアルベールを連れ戻しに向かいましたが、被害はなかったのですか？」

どうやら父上はノワール達が僕を連れ戻しにいった時のことを懸念していたようだ。

「多少の影響はありましたが、大したことではありません。アルベール王子に修復していただきましたから」

ナゼールさんはそう言うけれど、あのままノワール達を放っておいたら鬼の里は穴だらけになっていたと思う。

早々にノワール達を止められてよかったよ。

「それで、ナゼール殿は本日は謝罪に来られただけですかな？」

父上のそんな言葉に僕は驚きを隠せなかった。

ナゼールさんの訪問にそれ以外の目的があるのだろうか？

困惑する僕を尻目に、ナゼールさんはさらに僕に衝撃を与えた。

「輪廻教団について、どの程度ご存じかお伺いに来ました」

……輪廻教団……

その言葉が発せられた途端、執務室の空気がピリッとした。

父上達が警戒するようにナゼールさんの動きを注視している。

「輪廻教団についてですか？　他国での噂程度ならば耳にしております。彼らに接触した人物が何人か行方不明になっていると……」

父上の言葉にナゼールさんも同意するように頷いた。

「私も今回、聖魔法の使い手を探すにあたって真っ先に輪廻教団について調べたのです。しかし、調べてみるとどうも実際に聖魔法を使える人物が所属しているようには思えなかった。それに輪廻教団にまつわる噂もあまりいいものではなかったので、彼らに接触するのは断念しました。ところが先日、妻の遺品を整理していると日記が出てきました。そこには生前懇意にしていた人物が輪廻教団の者だということ、子どもを亡くして落ち込む妻に反魂の術を使うように勧めてくれたことが書いてありました」

ナゼールさんは一旦そこで話を打ち切ったが、その顔は怒りを抑えているように見えた。

「妻は勧められたと書いていましたが、私は輪廻教団に唆されたのだと思っています。反魂の術は確かに我々の種族に伝わってはいますが、失敗すれば自らも命を失い二度と生まれ変わることができない禁断の術とされています。妻がそんなリスクを犯すはずがない。私はなんとしても輪廻教団のことを調べたい。そのために、こちらの国に協力をお願いしたいのです」

ナゼールさんはそう言ったが、どうして僕達の協力を仰ぐのかわからない。

僕を攫えるくらいなんだから、ナゼールさん達だけで輪廻教団の拠点に攻め入ることもできそうなのに、何故そうしないんだろう？

「何故我が国の協力が必要なのですか？」

父上が促すと、ナゼールさんは決意を固めたように話し出す。

「実は輪廻教団の中に、ヴィラルド王国の人間がいたのです」

ナゼールさんの言葉は僕達に衝撃を与えるには十分過ぎた。

「この国の人間がいたと!?　それは一体どういうことですか？」

思わず立ち上がろうとした父上を宰相達が慌てて押し留める。

「陛下！　落ち着いてください。まずはナゼール殿のお話を伺いましょう」

宰相に諌められ、父上は少し落ち着きを取り戻したようだ。

「済まない。詳しく聞かせてもらえますかな？」

父上が謝罪すると、ナゼールさんは「ええ」と話を続けた。

「輪廻教団について調べる際に、蝶を使って中の様子を探りました。教祖と呼ばれる女性の側に男性がいたのですが、その男性がどうやらヴィラルド王国の者らしいのです。近々この国に来るようなことを話していました。『十年振りに自国に帰るのは嬉しいでしょう』と教祖の女性がその男性に話していたのです。彼が常に側にいたので、教祖の女性には接触できませんでした」

ナゼールさんの話に衝撃を受けたのは僕だった。

十年振りって……

まさか本当にジョスランなのだろうか。

「ナゼールさん、その人の名前はわかりますか？」

勢い込んで聞く僕に、ナゼールさんだけでなく父上達も驚いている。

「アルベール！　まさか……」

父上が僕の肩をガシッと掴んだ。

「父上は既にご存じのはずです。ラコルデール領の嫡男が十年前、ある平民の女性と駆け落ちした件……それに輪廻教団が関わっているのであれば、あれは単なる家出ではなかったということになります」

輪廻教団にいる男性の名前がわからない以上、簡単に結びつけていいものではないが、条件が当てはまり過ぎる。

考え込む僕達にナゼールさんが提案した。

「国王陛下。よろしければ私がその男性の名前を探りましょうか？」

名前がわかるのはこちらとしても願ったり叶ったりだが、そこまで甘えていいものだろうか？

「こちらとしては大変助かりますが、ナゼール殿はそれでよいのですか？」

ナゼールさんはニコッと笑って頷いた。

「もちろんです。蝶を飛ばすだけですから大した手間ではありません。それに今回アルベール様には大変お世話になりましたからね。ヴィラルド王国としては、迂闊に輪廻教団には近づけないでしょう？」

確かに輪廻教団が聖魔法の使い手を探しているのなら、こちらから近付きたくはない。

そもそもこの国に来てもらいたくないのだが、輪廻教団の者達の顔すらわからない以上、入国は止められない。

「ナゼール殿。お手数をかけるがよろしくお願いします」

父上が頭を下げるとナゼールさんは思いっきり恐縮していた。

「それでは一旦鬼の里に戻り、輪廻教団を探ってみます。何かわかったら蝶を飛ばしますね」

そう言って、ナゼールさんとサシャは鬼の里へ戻っていった。

◇◆◇◆◇◆

ナゼールとサシャは鬼の里に戻ると、ドサリとソファーに腰を下ろした。

滅多に人間の国を訪れることのない身としては、堅苦しい振る舞いなどは性に合わない。

それでも、今回はサシャがやらかしてしまったのを謝罪しなければならなかった。

「やれやれ、まったくかしこまるのは疲れるな」

サシャが愚痴るとナゼールがチッと舌打ちをする。

「お前がそれを言うか？　元はと言えばお前がアルベール王子を攫って来なければこんなことにはならなかったのに……愚痴りたいのはこっちだ！」

ナゼールの剣幕にサシャは肩を竦める。

自分が悪いのは重々承知しているが、これ以上怒られるのは理不尽だとも思う。

「それで？　本当に輪廻教団に蝶を送り込むのか？」

サシャが疑わしそうにナゼールに問うと、ナゼールは力強く頷いた。

「当たり前だ。国王と約束したからな。お前が暴走しなければ、こんな展開にはならなかったはずだ」

ナゼールの言い分もわからなくはないが、書簡を出してアルベール王子を招待したとしても、交流のない鬼の里に一国の王子が来てくれるとは思えない。

むしろ強硬手段に出て正解だったと思うのだが、それを言うとまたナゼールの怒りを買うのでサシャは黙っておいた。

ナゼールはテーブルの上に紙を置くと、魔法陣を描き出した。

魔法陣の描かれた紙はやがて半透明の蝶に変わると、ひらひらと宙に舞い上がりしばらく飛び回った後、姿を消す。

それを見送った二人は、またいつもの日常に戻った。

ヴィラルド王国との国境に近い町。

町外れの空き家に、その団体は滞在していた。

彼らは男女問わず灰色のローブを纏い、フードを被っていた。

その中で一人だけ、修道女のような服を着た女性が皆にかしずかれている。

一体どんな団体かと、一時期町の人々の噂の的になったが、誰もその正体を知らなかった。

滞在を許した町長さえ、知らぬうちに契約を交わしていたと言うのだ。

だが、いつの間にか町の人々はその団体のことを口にしなくなっていた。

それが何故なのか誰も気に留めないのを、不思議だとも思わなくなっていた。

その家の一室に、修道女服の女性と彼女の世話を甲斐甲斐しく行う男性がいた。

「明日、ヴィラルド王国に入ったらすぐに王都に向かうつもりだけれど、それでいいかしら?」

修道服の女性に問われた男性は一旦作業の手を止めると、ニコリと笑って頷いた。

「もちろんでございます。サロメ様のお望みのとおりに……」

サロメは男性が自分の行動に文句を付けないことをわかっているので、その答えに満足して頷いた。

「そうね。でもあなたも奥様の遺品を奥様の家族に届けたいのではなくて？」

男性の故郷は王都ではないと知っているサロメがさらに問うと、男性は首を横に振った。

「私達は駆け落ちをしたので、妻の家族が私の訪問を喜ぶとは思えません」

男性の答えを聞いてサロメは考え込んだ。

家を出ていった娘が既に死んでいると知るのと、どこかで元気に暮らしていると思いながら連絡を待ちわびているのと、どちらが幸せなのだろうかと……

考えたところで答えが出るものではなかった。

サロメは男性の妻の家族ではないし、人の考えはそれぞれだからだ。

サロメはこの男性に出会った頃を思い出していた。

もう十年近く前のことだった。

とある町に到着すると、そこは流行り病が収まった直後で、町のそこかしこに死体が溢れていた。

『ちょうどいいところに出くわしたわね』

内心でほくそ笑みながら、サロメはその町で暗躍し始めた。

死体を前に悲しんでいる家族に同情するふりをして近づく。

「このままではあなたの家族は生まれ変わることができない。私が魔法であなたの家族の魂を浄化してあげましょう」

そう持ちかけて聖魔法の真似事をし、多額の金をむしり取った。

その中に気に入った男性がいれば、輪廻教団に取り込んだ。

今、サロメの側にいる男性もその一人だ。結婚を反対されて駆け落ちをしたにもかかわらず、妻が流行り病で亡くなったと打ちひしがれていた。

その男性を一目見た途端、サロメはその男性が欲しくなった。

男性に浄化を持ちかけ、お金を払う代わりに自分の従者にと望んだ。

もちろん、呪術による懐柔(かいじゅう)も忘れずに施した。

そうでもしなければ、ベッドをともになどできなかっただろう。

サロメは男性の仕事が一段落したのを見計らって声をかけた。

「もう休むわ。ベッドへ行きましょう、ジョスラン」

ジョスランは喜々としてサロメの体を抱き上げると、ベッドへ運んだ。

部屋の様子を見ていた半透明の蝶が姿を消したのに、彼らが気付くことはなかった。

ナゼールさん達の訪問を受けた翌日、いつものように父上の執務室にいる時だった。

またどこからともなく蝶が一匹、ひらひらと部屋の中を舞っていた。

宰相が素早く父上の前の書類をどけると、蝶はゆっくりとした動きで机の上の空いたスペースに止まる。

羽ばたきを止めた蝶が書簡に変化すると、父上がそれに目を通す。

蝶を見つけてすぐに父上の机の前に移動していた僕は、父上の反対側から顔を出してその書簡を読もうとしたが、いかんせん、文字が逆さで読みにくいったらない。

書簡を取り上げるわけにもいかないので父上の言葉を待った。

「この書簡によると、輪廻教団にいる男性はジョスランというらしい。教祖の女性から妻の実家に遺品を届けに行くのかと聞かれて『行かない』と言ったそうだ。輪廻教団の一行は今日にもこの国に入ってすぐに王都を目指すらしい」

どこからこの国に入るのかは分からないが、王都はこの国のほぼ中央にあるので、今日か明日には王都に来ると思って間違いないだろう。

「やはりジョスランでしたか。しかし駆け落ちをした相手の女性が亡くなっていたとは……それでも実家に戻らないのは輪廻教団に囚(とら)われているのでしょうか？」

僕の疑問に父上はかぶりを振った。

「さあな。この書簡ではそこまではわからない。大体、輪廻教団が何をしにこの王都にやってくるのかもわからないのだからな。とりあえずアルベール殿から連絡があるまで王宮から出ないように。いいな！」

父上に厳命されて僕は答えに詰まった。

実は明日、久しぶりにサミィとラウルと一緒に下町のサミィの家に集まろうと約束していたからだ。

「父上。明日はちょっと約束があって下町に行くことになっているんですが……」

おそるおそる父上に告げると、父上は眉を吊り上げて声を張り上げた。

「それはまた別の日にしてもらえ。どこにどんな危険が潜んでいるのかわからないのに、下町になんか行かせられるわけがないだろう」

父上の言うことは至極真っ当だが、皆それぞれに忙しい身である以上、簡単には諦められない。

サミィもラウルも明日を心待ちにしていたはずだし、僕だって指折り数えて待っていたと言っても過言ではない。

いや、普通に楽しみにしてただけなんだけどさ。

「そこをなんとかしてもらえませんか？　他の場所には行かないと約束しますから……」

必死に頼んでいると、執務に差し支えると危惧した宰相が父上を説得してくれた。

「陛下、いっそ許可なさった方がよいかもしれませんよ。アルベール様は王宮にいても攫われたご経験がおありですからね……それに万が一王宮を勝手に抜け出されたら、それこそ誰の目もないところでアルベール様が攫われる可能性があります。そもそも、陛下だって学校を卒業してからもご友人との約束があると言っては下町に出かけておられたではありませんか。アルベール様の行動を止められないと思うのですが？」

宰相に痛いところを突かれて父上は返答に困っていた。

……あれか。

クレマン父さん達と仲よくし過ぎたために貴族間のパワーバランスが崩れかけた……とか言っていたな。

父上にそんな前科があるのならば、僕に強くは言えないだろう。

父上はわざとらしく咳払いをすると、諦めたような口調で僕に告げた。

「仕方がない。明日は下町に出かけていい。だが決して一人にはならないこと。必ずノワールを連れていくことを守ってくれ、いいな！」

父上の声に真っ先に反応したのは、執務室の隅で丸くなって寝ていたノワールだった。

『……ん？　なになに？　誰か呼んだ？』

半目のまま頭を上げたノワールはキョロキョロと辺りを見回したが、誰も何も言わないのでまた寝てしまった。

こんな姿を見ると、イマイチ頼りなさそうだけどね。

いざとなればそれなりに戦力になるはずだ……多分……

「承知しました、父上。明日は警戒を怠らずに過ごします」

そう力強く頷いたんだけど、そんな不安そうな顔をするのはやめて欲しいな。

父上と宰相は騎士団長を呼び出すと、明日は下町で平民に扮装した騎士達を巡回に当たらせるよう打ち合わせをしていた。


そして待ちに待ったサミィとラウルに会う日がやってきた。

午前中は父上の執務を手伝うことになっているので、まずはそちらへ向かう。

僕の後ろをついて歩くノワールも、久しぶりに下町に出るのが嬉しいようで、弾むような足取りで歩いている。

「なんだよ、ノワール。随分とご機嫌だね」

『だって下町に行くんでしょ。あの運動場にも行くの？』

運動場？

確かに下町にしかないけれど、流石に今日はそこには行けないかな。

「いや、今日はサミィの家に行くんだよ。運動場に行くのはちょっと無理かな」

『えっ？　そんなぁ～。少しくらいいいでしょ？　行こうよぉ～』

いやいや、そんな甘えたような声を出されても、無理なものは無理だって。

父上にもあまりウロウロするなと言われているし、どこに危険が潜んでいるかわからないからね。

ノワールの気持ちもわからないでもないけどね。

王宮の中は広いけど、ノワールが走り回れるようなところじゃないしね。

「運動場にはまた今度連れていってあげるから、今日は我慢してね」

そう言ってノワールを抱き上げると、ちょっと嬉しそうな顔で僕の頬をペロリと舐める。

泣く子も黙るブラックパンサーのはずなんだけど、最近ますます愛玩動物化してるような気がする。

父上の執務室に入ると、ノワールはいつもの定位置に寝転んで毛繕いを始めた。

「おはようございます、アルベール様。本日はこちらの書類をお願いしますね」

父上の側にいた宰相が非常にいい笑顔で書類を差し出す。

それを受け取って自分の席に腰を下ろすと、父上がこちらを見ているのに気付いた。

「なんですか？」

何か言いたそうな顔をしているので問いかけると、父上はしばらく迷った後で口を開いた。

「……いや、今日は本当に出かけるのか？　やっぱり中止にしないか？」

父上の不安もわからなくはないが、まだ輪廻教団が王都に着いたとも、何か問題を起こしたとも報告はない。

そもそも僕が聖魔法を使えると知っているかどうかも怪しいのに、それは無駄な警戒ではないのだろうか。

もちろん、好き好んで皆に心配をかけるつもりはないので、僕自身も十分に注意するつもりだ。

「父上。変に警戒すると逆に輪廻教団に目を付けられたりしませんか？　彼等の目的がわからない以上、目立たないように行動した方がいいと思うんです」

父上は渋々頷いていたけれど、あまり納得していないようだ。

そんな父上は置いておいて、僕はさっさと書類を片付けることにする。

執務を終わらせて、リュシエンヌ嬢と昼食を食べてから、転移陣でクレマン父さんのところへ移動する予定だ。

書類に目を通していると、騎士団長とともに魔術団長が執務室に入ってきた。

どうやら騎士団だけではなく、宮廷魔術団の人達にも下町を巡回させるらしい。

ちょっと呆れたけれど、余計な口を挟むとろくなことにならないので素知らぬ顔で書類を片付けていく。

書類を片付け終わった頃にちょうど昼食の時間となった。

僕は立ち上がると部屋の隅で寝ていたノワールを抱き上げて、そそくさと執務室を後にした。

『……あれ？　お仕事終わったの？』

腕の中のノワールが寝惚け眼のまま聞いてくる。

「ああ。これから昼食を済ませたら下町に行くよ」

ノワールは大きな口を開けてあくびをしていたが、ピタッと動きを止めると僕の腕からスルリと滑り降りて走り出した。

「おい！　ノワール、どこへ……」

とその時、前方からリュシエンヌ嬢が歩いてくるのが見えた。

『リュシー！』

ノワールはリュシエンヌ嬢に飛びかかると、ふわりとその腕の中に収まった。

リュシエンヌ嬢も今から食堂に向かうところだったようだ。

ちょうどいいタイミングでリュシエンヌ嬢と出くわして僕もニンマリする。

「リュシエンヌ嬢。ノワールは重いでしょう。僕が連れていきますよ」

リュシエンヌ嬢からノワールを抱き上げようとしたが、ノワールの奴ったらリュシエンヌ嬢のドレスに爪を立ててテコでも動かないつもりのようだ。

無理に引っ張るとドレスに穴を開けてしまいかねないので、早々に諦めてリュシエンヌ嬢の腰に手を回してエスコートした。

……これはこれで役得だな。

だからといってノワールに感謝はしないけどね。

僕達は時間の許す限り、食後のひとときの語らいを楽しんだ。


昼食を終えてノワールを抱いたまま自室に戻り、貴族服から平民用の服に着替えようとしていると扉がノックされ、従者が顔を出した。

「アルベール様、陛下から緊急の呼び出しです。お急ぎください」

こんなふうに父上に呼び出されるのは初めてのことだ。

何があったのかと思い、急いで従者とともに執務室に向かうと、そこには父上と宰相、ナゼールさんの姿があった。

「ナゼールさん、どうなさったんですか？」

今日、ここに来るとは聞いていない。

つまり突然の訪問になるはずだが、問題ないのだろうか？

「申し訳ありません。輪廻教団が王都に入ったので、ぜひともアルベール王子とともに訪問したいと思っています。お付き合いいただけますね？」

ナゼールさんの有無を言わさぬ物言いに、どうすべきかと父上をチラリと見ると、父上は軽く頷いた。

僕が来るまでに話がついていたようだ。

詳しい事情はわからないが、僕が行かないといけないのだろう。

「わかりました。父上、下町の方に連絡をお願いしてもいいですか？」

折角のラウル達との約束を反故（ほご）にするのは忍びないが仕方がない。

僕が了承すると、ナゼールさんはさっと蝶を取り出し掌にのせて、ふっと息を吹きかけた。

すると蝶はひらひらと飛び立ち、どこかに消えていった。

「アルベール王子。手を……」

ナゼールさんが差し出した手に触れると同時に、転移の浮遊感が僕を襲った。

思わず僕はぎゅっと目を瞑る。

先程の蝶は転移用のもので、これから直接輪廻教団の拠点に乗り込むのだろう。

地に足が着いた感覚に目を開けると、そこはどこかの建物の廊下だった。

ノワールが音もなく僕の腕から廊下に降り立つ。

すぐ目の前に扉があり、ナゼールさんがノブに手を掛けるより先に扉が開いた。

「あら、誰かと思えばイヴォンヌの……私に何か用かしら？」

部屋の奥から声が聞こえてそちらに目をやると、修道女のような服を着た妖艶な女性が座っていた。彼女は周りの人々にかしずかれ、女王のような佇まいである。

「もしかして、反魂の術について助言がほしいの？　夫婦ともども難儀なことね」

嘲笑するようなサロメの言葉に、ナゼールさんが激昂する。

「なんだと……！　サロメ！　お前のせいでイヴォンヌは命を落とした。その償いをさせに来たんだ！」

ナゼールさんの剣幕を前にしても、サロメと呼ばれた女性は妖艶な微笑みを崩さない。

「人聞きの悪いことを言わないでちょうだい。私は『試してみたら』と言っただけで、実行に移したのは彼女よ……それにしても反魂の術があんなに使えないものだとは思わなかったわ。まったくろくなものじゃないわね」

「貴様ー！」

ナゼールさんがサロメに掴みかかろうとした途端、彼女の目が妖しく光り、ナゼールさんは金縛りにあったように固まって動かなくなった。

「野蛮な人ね。しばらくそこで大人しくしていてちょうだい……あら、あなたは？」

彼女の目がナゼールさんの後ろにいる僕を捉えた途端、僕の体も動かなくなった。

「ちょっと若すぎるけれどまあいいわ。こっちへいらっしゃい」

彼女の言葉で、僕の足は勝手に彼女に向かって歩き出した。

逃げ出したいのに、体が言うことを聞かないなんて……

僕はサロメに誘導されるまま彼女の隣に腰を下ろす。

すると彼女は僕に体を密着させてしなだれかかってきた。

豊満な胸が押し付けられる。

振り解こうにも、身動きがとれない。

彼女を見ないように正面を向いていたが、やがてサロメは僕の顔をくいっと自分の方へ向けた。

サロメの黒い瞳が再び僕を捉える。

「あなた、お名前は？」

「……アル……です」

答えたくないのに口が勝手に動く。

「そう……ねえ、アル。私と一緒に旅をしない？　幸せな毎日を送れるわよ。そうだ、今から私といいことをしましょう」

そう言いながら、サロメの手が僕の服のボタンを外していく。

うわっ！
ちょっと待って！
これはもしかして貞操の危機ってやつ⁉
サロメの手を払いのけようにも、体に力が入らない。
「ノワール、助けて！」
思わず叫ぶと、それに呼応するかのように、扉が勢いよく開いた。
『アル！　大丈夫？』
扉が開くと同時に、元の大きさに戻ったノワールが飛び込んできた。
『アルを返せー！』
ノワールが僕の隣に座っているサロメに飛びかかり噛みついた。
「きゃあっ！」
サロメの悲鳴とともに辺りに血の匂いが漂う。
ノワールの牙を受けたのは、サロメを庇って盾になった男の人だった。
「アルベール王子！　大丈夫ですか？」
サロメの呪縛から解放されたナゼールさんが僕をソファーから立たせた。
ソファーにはサロメと、ノワールに噛み付かれたままの男の人が倒れ込んでいる。

ノワールは男の人の肩口に噛み付いたまま離そうとしない。

このままじゃあの男の人が死んでしまうかも……

確かに僕は無理矢理サロメに操られはしたが、だからといってノワールに人殺しをさせるわけにはいかない。

「ノワール。僕はなんともないから、その人を離してあげて」

ノワールを抱きしめると、ノワールはようやく男の人から口を離した。

ノワールの口の周りが男の人の血で濡(ぬ)れている。

体が黒いから目立たないとはいっても、血にまみれているのは気持ちのいいものではない。

僕はノワールに【クリーン】をかけて体を綺麗にした。

ソファーに倒れている男の人に【ヒール】をかけるべきか迷っていると、サロメが男の人に呼びかけているのが聞こえた。

「ジョスラン！　しっかりして！　今治してあげるわ！」

ジョスラン？

まさか、この人がラコルデール領のジョスランなのか？

サロメを庇ってノワールの牙を受けるなんて、彼女に無理矢理連れて来られたんじゃないのか？

それとも、さっきまでの僕のようにサロメに抗(あらが)えないようにさせられているんだろうか。

僕はどちらとも判断がつかないまま、必死に回復魔法をかけるサロメとジョスランを見ていた。

ノワールはいつもの大きさに戻ると、ピョンと僕の胸に飛び込んできた。

『アル～、無事でよかった～』

ノワールをギュッと抱きしめて僕もようやく安堵のため息をつく。

「ノワール、助かったよ」

そこへドヤドヤと騎士団の人達が乱入してきたが、先頭にいるのはなんと騎士団長だった。

「アルベール様、ご無事ですか？」

騎士団長が、どうやってここに？

そんな疑問が顔に表れていたらしく、騎士団長が苦笑ぎみに打ち明けた。

「ナゼール殿が蝶を使ってここまで道案内してくださったのです」

騎士団長と話をしている間に、騎士達がこの家に居た人達を次々と外へ連れ出していった。

行方不明者として捜索願いが出ている人もいるので、個別に事情を聴取（ちょうしゅ）するらしい。

残っているのはサロメとジョスランだけになっていた。

サロメが必死に回復魔法をかけたおかげで、ジョスランは立ち上がれる程には回復したようだが、顔色がよくない。

「まあ、あなた方はどなた？　どうして彼らを連れていくのかしら？」

サロメが騎士団長を見つめて問いかけると、騎士団長の体がぴしりと固まった。

そうだ！

サロメの瞳に見つめられると、思うように自分の体が動かせなくなるんだった。

どうにかしてサロメの瞳を見ずに彼女を拘束しなければならないのだが、誰も彼女の背後には回れない。

このままでは僕達までサロメの瞳に囚われてしまう。

すると、外から何かがサロメに向かって飛んできた。

「きゃあ、何？　何も見えないわ！」

見るとサロメの目の辺りに布のようなものが張り付いていた。

サロメはそれを必死に剥がそうとしているが、取り外すことができないでいる。

ジョスランも手助けをしているが、まったく効果がない。

「やれやれ。まさか【魅了(みりょう)の魔眼(まがん)】を持つ者が本当にいたなんて、驚きましたね」

そう言いながら入ってきたのは魔術団長だった。

魔術団長は固まったままの騎士団長の側に来ると、ニヤニヤしている。

「もうちょっと女に手玉に取られる君を見ていたかったんだがね。後で文句を言われそうなので早目に助けてあげたよ」

サロメの瞳の効果がなくなって動けるようになった騎士団長が、忌々(いまいま)しそうに魔術団長を睨(にら)む。

「来ていたんならもっと早く封(ふう)じてくれればいいだろう！」

「いやあ。彼女の瞳にどれくらいの効力があるのか見てみたかったからねぇ」

魔術団長は騎士団長の抗議などどこ吹く風だ。

この二人も付き合いが長いから気安いのはわかるけど、流石に騎士団長には同情するよ。

「お前が今手を出そうとしたのはこの国の王子だ。したがって、お前は王族誘拐未遂の容疑で拘束する」

サロメは目隠しをされたまま騎士達によって拘束された。

ジョスランはサロメについていこうとしたが、他の騎士に取り押さえられた。

ジョスランもまた、他の信者達と一緒に事情聴取をするために連れ出された。

騎士団長も出ていき、この家には僕達とナゼールさんと魔術団長だけが残った。

「魔術団長。【魅了の魔眼】ってなんですか？」

この家に長居は不要なので、外に出ながら魔術団長に聞いてみた。

「言葉のとおり、その瞳と目を合わせた者を魅了するものですよ。どうやら彼女は魔女のようですね。元々持っていた力が、成長するに連れて強くなっていったみたいです」

「それにしてもかなり強大な力でしたが。事前の調査であの女が魔眼を持っている可能性は頭に入れていましたし、抵抗する自信があったのに、一瞬で硬直させられるとは思いませんでした。アルベール王子に意識が移ったのでなんとか解除できましたよ」

なるほどな。

……それにしても魔女かぁ。以前、僕の命を狙ったのも魔女だったな。

「いずれにしても、ご無事でなによりです……まったく、陛下もアルベール様を囮にするなどと……」

言いかけて魔術団長はしまったとばかりに口を押さえ、ナゼールさんも何故かそっぽを向いている。

今のは聞き間違いじゃないよね。

「魔術団長。今のはどういうことですか？」

「いえね。いろいろと調べているうちに、サロメは外見の美しい人間を信者にして手元に置いているとわかりましてね。聖魔法の使い手で、見目麗しいアルベール様が拠点を訪問すれば必ず食いつくはずだとお考えになり……もちろん、ナゼールさんがわざと彼女の気を引いて時間を稼いでいる間に、我々が突入する手筈でしたよ」

うわぁ～。まさかそんな計画を立てられていたとは思いもよらなかった。

こっちは貞操の危機、いや命の危機だと思っていたのに、それが父上の策略だったとは！

帰ったら絶対に父上に抗議してやる！

ナゼールさんがまた蝶を飛ばしてくれて、僕達は執務室に戻ってきた。

「陛下。無事に輪廻教団の教祖の捕縛と信者達の保護が終了しました」

父上の執務室に入って魔術団長が報告すると、父上は満足そうに頷いた。

「ご苦労だったな。アルベールもナゼール殿も無事で何よりだ」

「無事で何よりじゃありませんよ！　どうして僕に計画を教えてくれなかったんですか！」

父上に抗議するが、ノワールを抱っこしたままじゃ迫力に欠けるようだ。

父上も側にいる宰相も微笑ましいものを見るような目をしている。

「敵を騙すには味方からって言うだろう。ところでアルベール。どうして服のボタンがそんなに外れているんだ？」

父上に指摘されて僕は自分の服を見下ろした。

ボタンが胸の辺りまで外れたままになっているのが見えて、慌てて直す。

先程、サロメに服のボタンを外されたことを思い出し、カッと顔が赤くなった。

「こ、これはなんでもありません！」

ノワールが助けてくれた後、僕に抱きついて離れなかったのですっかり忘れていた。

僕が狼狽（うろた）えるのを父上がニヤニヤと笑って見ている。

「文句を言う割にはいい思いをしたみたいだな。大丈夫だ。リュシエンヌ嬢には黙っていてあげるよ」

そんな恩着せがましい言葉に僕はムッとする。

「そもそも父上が僕を囮にするからですよ」

すると、父上は透徹(とうてつ)した目を僕に向ける。

「王族に生まれた以上、自ら国民のために動くのは当たり前ではないか」

そう父上に返されて僕は返答に詰まる。

……やはりこの狸(たぬき)親父には敵(かな)いそうもない。

あの騒動の翌日から、輪廻教団の信者達をそれぞれ事情聴取した。

そのうちのほとんどは男性だったが、サロメの身の回りの世話をするために女性も何人かいた。

彼等は皆、身内を流行り病で亡くして傷心していた。

そこへ現れたサロメに傾倒し、自ら輪廻教団に入ったらしい。

だが、どの信者もどうして輪廻教団に入ろうと思ったのかを覚えていなかった。

どうやらサロメの【魅了の魔眼】によって思考を曖昧(あいまい)にされたようだ。

今後どうするかは本人の意志に任せるしかないだろう。

怪我をしたジョスランも無事に回復し、事情聴取を受けられるようになったというので、僕も立ち会わせてもらうことにした。

彼が本当にラコルデール領の領主の息子であるならば、一度両親に会うように伝えるつもりだ。

騎士団の建物の中にある病院でジョスランは治療を受けていた。

既に退院しても大丈夫らしいが、大事を取って病室での聴取となった。

騎士団長と魔術団長、それに記録係の騎士とともにジョスランの病室を訪れた。

病院なのでもちろんノワールはお留守番だ。

がっかりするかと思いきや、リュシエンヌ嬢と一緒にお留守番だと告げたら喜んでいた。

もう少し僕に遠慮してくれてもいいんだけどな。

騎士団長達とジョスランの病室に向かうと、僕は目立たないように記録係の騎士の後ろについた。

僕が立ち会うことでジョスランが萎縮(いしゅく)するかもしれないからだ。

病室に入ると、ジョスランはベッドの上に起き上がっていた。

ノワールに噛まれた傷は魔法で塞がったけれど、流れ出た血液までは戻らない。

入院して体内の血液が増えるのを待つしかないのだ。

まだ多少青白い顔色をしているものの、調子は悪くなさそうだった。

「やあ、ジョスラン。気分はどうだ？」

騎士団長が声をかけるとジョスランはピシッと背筋を伸ばした。

「騎士団長殿、お陰様で随分とよくなりました」

緊張した面持ちで話すジョスランに騎士団長は笑みを見せる。

「そんなにかしこまらなくてもいい。話を聞かせてもらいたいんだが、いいかな？」

ジョスランは騎士団長と一緒にいる魔術団長や騎士達を見回した後でコクリと頷いた。

「君はいつから輪廻教団に入ったんだ？　そして、そのきっかけは？」

ジョスランは膝の上に置いた自分の手を見つめたまま、ポツリポツリと話し出した。

「私がサロメ様に会ったのは、私の妻が流行り病で亡くなった後でした。教会で葬式を終えて墓地に埋葬された妻の墓の前で、私はただ呆然と座り込んでいました。そこへサロメ様がいらして『あなたの奥様の魂は悪霊に汚（けが）されている。このままだと生まれ変わることができません。私が浄化して差し上げましょう』とおっしゃったのです」

この辺りの話は他の信者達も似たようなことを言っていたようだ。

「私はすぐにサロメ様に浄化をお願いしました。サロメ様が妻の墓の前で祈りを捧（ささ）げると、墓の地面から金色の光が空に上っていったのです」

聖魔法の真似事だろう。浄化した時に幽体が現れなかったのはおかしい。

本当の聖魔法を知らないジョスランを騙すのは、サロメにとって容易（たやす）いことだったに違いない。

「妻を浄化してもらった私はサロメ様に謝礼を差し上げようとしましたが、サロメ様は受け取られませんでした。その代わりに私に一緒についてくるようにと言われたのです」

ジョスランは確かにハンサムな男性だった。

両親のいいところだけを受け継いだような容姿は人を虜にする魅力を持っている。

現にこの病院でも、誰がジョスランの世話をするかでちょっとした争いが起こっていたそうだ。

サロメもそんなジョスランが気に入ったからこそ、一緒に来るように誘ったに違いない。

「なるほど。ところで君がラコルデール領の領主の息子だというのは本当かな？」

騎士団長の指摘に、ジョスランは弾かれたように騎士団長を見つめた。

「……どうして、それを……」

やはり、彼はラコルデール領の領主の息子だったようだ。

「確かに私はラコルデール領主の息子ですが、結婚を反対された時点で家も親も捨てました。ここにいるのは領主の息子ではなくただの平民です」

ジョスランは淡々とした口調でそう告げる。

家と親を捨ててまで一緒になりたかった女性に先立たれたジョスランは、もう家に戻るつもりはないのだろうか。

両親が結婚を反対したりしなければ、妻が慣れない土地で苦労をした挙げ句に流行り病にかかって死ぬこともなかったはずだと、両親を恨んでいるのだろうか？

だけど、せめて母親が歩けなくなるほど衰弱したことや、他の人物を自分の息子だと認識してしまうほどに帰りを待ちわびていたことだけは伝えたい。

「こんにちは、ジョスラン」

騎士の後ろで話を聞いていた僕は、ジョスランが見える場所へ移動した。

騎士団長以外の人物から声をかけられたことに驚いたジョスランは、そこで初めて僕の姿を認識したようだ。

「……あなたはあの時の。どうしてここに？　……え？　その紫の瞳は……まさか！」

ジョスランは僕が紫の瞳をしていることにようやく気付いたようだ。

この国の王族だけが所有する紫の瞳。

ジョスランは僕が王子であることに気が付いて、目に見えて動揺した。

「……申し訳ございません。まさか、アルベール王子とは知らずに……私はどんな処罰でも受けますので、どうかサロメ様だけはお助けください」

ジョスランはサロメの罪の軽減を願うが、あの輪廻教団で実権を握っていたのは彼女だし、実際に僕を操ったのも彼女だ。

ジョスランや他の信者達がどんなに嘆願しても、サロメの罪が消えることはない。

「ジョスラン。あなたがサロメを庇う気持ちはわからなくもないですが、彼女の罪をなかったことにはできません。それ相応の処罰がくだされると思います」

淡々と告げるとジョスランはがっくりと肩を落とした。

だが、今僕がジョスランに伝えたいのは彼の母親のことだ。

「ジョスラン。あなたの母親があなたが家を出た後で心身を壊したことは知っていますか？」

俯いていたジョスランが弾かれたように顔を上げて僕を見る。

「しかも、別人をジョスランだと言って片時も側から離さないほど錯乱したそうですよ」

「……まさか……あの母上が……」

僕が告げた母親の様子は、ジョスランからすれば想像もつかない姿のようだ。

厳格で自分にも他人にも甘えを許さない母親だったらしい。

「あなたにもいろいろと思うことはあると思いますが、一度顔を見せに帰ってはどうですか？」

そう提案したが、ジョスランは静かに首を振った。

「……アルベール王子には申し訳ありませんが、今はそんなことは考えられません」

そういう答えが返ってくるのは想定していたので、特に驚きはなかった。

騎士団長が予定していた質問を終えると、僕達はジョスランの病室を後にした。

しばらくは騎士団の監視下に置かれることになるだろう。

後は主犯のサロメの尋問だが、すぐには行えない。

それと言うのも、彼女が【魅了の魔眼】を持っているせいだ。

今はまだ、僕を救出する際に付けた布で目を覆っているが、あの状態では普段の生活もままならない。

「【魅了の魔眼】を使えないような魔導具を考えていますが、なかなか上手くいかないのです。彼女は魔女ですから、早くしないと今の目を覆っている布を外してしまいかねません」

そうぼやくのは魔術団長だ。

【魅了の魔眼】を使われて逃亡されるわけにはいかない。

そんなことになればこの国の警備体制も問われるし、他国に付け入られる隙を作ってしまう。

何かないかな、と考えたところで、この世界でサングラスをかけている人を見たことがないのを思い出した。

だが、普通の眼鏡の形では隙間があるので、そこから目を見てしまう可能性がある。それならばゴーグルのようにピッチリと目を覆うようにすればいいかも。

僕は魔術団長にゴーグルの形を伝えて開発をお願いした。

魔術団長はすぐに魔術師達を集めて、ゴーグルの作成に取り掛かってくれた。

【魅了の魔眼】の効果をどこまで防げるのか不安だったが、やがてそれなりに対応できるものを開発できたようだ。

だが、実際の効果の程はサロメに装着させてみないとわからないらしい。

確かに【魅了の魔眼】を持つ者なんてそうそういるわけがないし、いたらいたでまた別の問題が発生しそうだ。

とりあえず日常生活には問題のないゴーグルが完成し、サロメにそれを装着させた。

もちろん、簡単には外れないように、数人の魔術師によって魔力で固定しているらしい。

サロメの取り調べが行われる日、僕も立ち会うことにした。

ナゼールさんも彼女に何か言いたいことがあるのではと思ったが、彼はこれ以上彼女の話を聞く気にはならないと辞退した。


騎士団の詰め所から少し離れた場所にそれは建っていた。

ここに足を踏み入れるのは初めてだ。

囚人の収容所なんて王族が足を運ぶ場所じゃないからね。

窓はあるけれど、高い位置にあって外が見えないようになっている。

つまり囚人も顔を見られることがないということだ。

取り調べ室では既にサロメが座っていて、周りを数人の騎士が取り囲んでいる。

また魔術団長と魔術師達もあちこちに配置されていた。

たかが女性一人に対するには物々し過ぎるが、万が一サロメに操られた場合、その人物を取り押さえるためらしい。

ジョスランの時と同様に、僕は他の人の陰からサロメの様子を見ることにしている。

サロメは大人しく椅子に座っていたが、彼女の顔にはその美貌には不釣り合いなゴーグルが付けられている。

「サロメと言ったか？　どうして人々を惑わして連れ去ったんだ？」

騎士団長の質問にサロメはキョトンとした顔をする。

「惑わして連れ去った？　人聞きが悪いわね。私は彼らを救ってあげたのよ。その結果、彼らは私に感謝してついてきただけ」

「ふざけるな。【魅了の魔眼】で洗脳し、従わせていただけだろう。聖魔法を使えると吹聴して彼らから金を巻き上げ、誘拐して自分の信者に仕立て上げた。お前の罪は重いぞ」

サロメはそれの何が悪いのかと首を傾げている。

「お金のことは、救ってあげるんだからもらって当然でしょう。確かに私は聖魔法を使えないけれど、見せかけでも彼らの大事な人が浄化された安心感はあげたわ。実際に聖魔法を使える人間を捜して、本当のことにしてあげようと努力もした。それに、私についてくるか迷っている人の背中を押してあげることの何がいけないの？」

僕は思わずぞっとして身震いした。

彼女は自分がやったことを何一つ反省していない。

騎士団長もこれ以上の尋問は無駄だと諦めたらしい。

「反省の色が見えんな。まあ、どのみちお前がその【魅了の魔眼】を持っている限り、ここから出すわけにはいかない……おい、連れていけ」

騎士団長が合図をすると騎士達がサロメを立たせて元の独房へ連れていこうとする。

「離して！　嫌だったら！　離してよ！」

サロメは騎士達に抗おうとするが、【魅了の魔眼】が使えない以上、なすすべはなかった。

「……やれやれ。まったく骨が折れますね」

騎士団長が疲れ切ったようにため息をつく。

「僕には理解できない人でした」

どう対処すべきか決まるまでは、サロメはこのまま閉じ込めておくしかないだろう。

サロメの尋問に同席してから三日が過ぎた。

毎日サロメの様子が報告されるが、特に問題を起こすこともなく大人しく過ごしているようだ。

その間にジョスランもすっかり体調がよくなり、改めて今後どうするかを話す予定になっていた。

サロメと顔を合わせなくなったことで、ジョスランは魔眼の影響がすっかり消えたようだ。

「アルベール様。やはり一度家に戻って両親としっかり話をしたいと思っています」

憑きものが落ちたような晴れやかな顔をしたジョスランに、僕は大きく頷いた。

ジョスランが戻ったら侯爵夫人の病気はもっと回復するに違いない。

事件がようやく落ち着いた気がして、僕はほっとため息をついた。

第十章　婚約パーティー

準備が着々と整う中、いよいよ婚約披露パーティーの日がやってきた。

女性ほどではないにしても、やはり主役である以上、僕もそれなりに着飾る。

身につける衣装に、リュシエンヌ嬢の髪の色と瞳の色が使われているのは一目瞭然(いちもくりょうぜん)である。

侍女や従者達の微笑ましいものを見るような視線はいたたまれなかったが、この後大勢の貴族達の目に晒されることを思えば、まだ許容範囲だろう。

衣装を着せられ、髪型も整えられてようやく僕の準備が終わった。

『アル、凄くかっこいいよ！』

ノワールも丁寧にブラッシングされ、首輪も真新しいものに交換されてご機嫌だ。

「ノワールも可愛いよ。今日は人がたくさん来るけれど、大人しくできるかな？　飽きたらブロンのところに行ってもいいからね」

ノワールも僕の従魔として一緒にお披露目(ひろめ)されるのだが、本来の大きさでは人々に恐怖を与えかねないので、いつもの子猫サイズである。

いざという時にはすぐに大きさを変えられるし、今さら僕の従魔に手を出すような馬鹿な人間はいないだろうしね。

「アルベール様。そろそろ控室に参りましょう」

エマに呼ばれて、僕とノワールは大広間の横にある控室へ移動する。

控室の扉の前には騎士が二人立っている。

エマがノックすると内側から扉が開き、僕は部屋の中で座っている人物に目が釘付けになった。

彼女は僕の姿を目にするとニコリと微笑んだ。

その笑顔の破壊力に僕はもう骨抜きになりそうだ。

「アルベール。馬鹿みたいに突っ立ってないで早くお入りなさい」

母上の呆れたような声で僕はようやく我に返る。

部屋の中にはリュシエンヌ嬢以外に父上と母上、それにシャルロットとリシャールまでもがいた。

「お兄様はお義姉様以外は目に入らないみたいですわね」

リュシエンヌ嬢の隣に座っていたシャルロットが、クスクスと笑いながらリュシエンヌ嬢に話しかけている。

それを受けてまたリュシエンヌ嬢が恥ずかしそうに微笑んだ。

この笑顔を万人に晒すなんてもったいなさすぎる。

いや、この人が僕の婚約者だと万人に周知させたいという思いも捨てきれない。

ノワールはそんな僕の心の葛藤など知るよしもなく、さっさと母上の膝の上で丸くなっている。

誰のご機嫌を取るのが一番いいかをよく知っているよね。

やがて父上と母上が大広間へ出た。

続いてシャルロットとリシャールも呼ばれて大広間へ向かう。

「それではアルベール様と婚約者であるリュシエンヌ嬢にご登場いただきます」

進行を務める宰相の声で、僕はリュシエンヌ嬢をエスコートして大広間に出た。

僕の後ろをノワールがちょこちょこと歩いてくる。

大広間の中央の玉座に父上と母上の姿があり、そこから少し離れた席にシャルロットとリシャールが座っている。

僕はリュシエンヌ嬢をエスコートして玉座の前に行き、父上と母上にお辞儀をして、大広間にいる貴族達に向き直る。

大勢の貴族達が一斉に拍手で僕達を祝福してくれるが、その中に眼光鋭い連中がいた。

なんでそんな目で僕を見てるんだ？

まさか、またノワールを狙って……

そう思って身構えたが、フォンタニエ侯爵夫人とエルネスト、フォンタニエ侯爵ともう一人の男性――おそらくもう一人の兄のクリストフさんの姿が見えたので、視線の主がフォンタニエ侯爵家の男性陣だと見当がついた。

娘や妹であるリュシエンヌ嬢を溺愛するのはわかるけれど、そんなあからさまな敵意を向けるのは止めてほしい。

僕は再びリュシエンヌ嬢の手を取ると、玉座の隣に用意された席に着席する。

ノワールはちゃっかりリュシエンヌ嬢の膝の上に収まった。

「これよりご来賓のご挨拶を賜ります。隣国のデュプレクス王国よりお出でいただきました皆様――」

宰相の紹介で大広間の扉が開き、デュプレクス王国の一団が現れた。

その先頭にいる人物に僕は目を見張った。

なんで、彼がここに!?

その人物は僕の数歩手前で止まると、パチンとウインクを寄越す。

まさかのフィリップ王子の登場だった。

僕の動揺をよそに、フィリップ王子はすました顔で父上と母上にお辞儀をする。

「この度はアルベール王子とリュシエンヌ嬢のご婚約、誠におめでとうございます。本日はデュプレクス王国の国王の名代として参りました。我が国よりお祝いの品を持って参りましたのでお納めください」

フィリップ王子が後ろに控える従者に合図をすると、従者が目録を差し出した。

それを宰相の側に控えていた従者が受け取って宰相に手渡すと、宰相は中身を確認して父上に向かって頷く。

いろいろと面倒臭いやり取りだが、他の国の来賓や貴族達の手前、仕方のないことだろう。

「デュプレクス王国よりの祝い、確かに受け取った。戻られたら国王によろしく伝えてほしい。本日はゆっくりしていかれるがよかろう」

父上は笑顔でフィリップ王子にお礼を述べているが、その胡散臭いまでの微笑みには将来シャルロットを掻っ攫っていく男への牽制が見て取れる。

実際、フィリップ王子とシャルロットの様子を見ていると、父上でなくても歯噛みしたいところだ。

二人は視線を交わしては微笑み合っているし、シャルロットのあの柔らかい微笑みなんて今まで見たことがないくらいだ。

思わずフィリップ王子に剣呑な視線を向けそうになるが、リュシエンヌ嬢の存在が僕に正気を取り戻させてくれた。

シャルロットにフィリップ王子がいるように、僕にはこのリュシエンヌ嬢がいるのだ。

リュシエンヌ嬢と微笑み合っていると、さらにフォンタニエ侯爵家の男三人の視線が突き刺さる。

……ああ、後で挨拶するのが恐ろしいな。

生きて帰れるかな？

フィリップ王子の後も他の国の来賓を迎え入れ、ようやく堅苦しい挨拶が終わった。

この後は自由にパーティーを楽しむようになっている。

とはいえ、王族である僕達は着席して貴族達の挨拶を受けるため、自由に動けないけどね。

早速僕の元にやってきたのは、やはりフィリップ王子だった。

「やあ、アルベール。この度はおめでとう」

留学していた時にも見かけた護衛騎士を連れて、フィリップ王子が僕のテーブルへやってくる。

「ああ、フィリップ。わざわざありがとう。まさか君が来てくれるとは思わなかったよ」

砕けた口調で話しかけてくるフィリップ王子に、こちらも気安く受け答えをする。

「シャルロット王女に会える機会を僕が逃すわけないだろう。本当は一緒に婚約発表をしたかったんだけれど、君の父上に却下されてね。未だに僕との婚約を認めてくださらない」

僕とリュシエンヌ嬢の主役の場を奪うから、ではなくて単純にシャルロットの婚約を認めたくないようだ。

どんなに悪あがきしても時間の問題だと思うんだけど、僕は父上の判断を支持したい。

「僕だってフィリップとシャルロットの婚約発表はまだまだ先でいいと思っているからね。いっそのこと、白紙にできないかな」

するとフィリップはおかしそうにプッと吹き出した。

「君がそれを言うのかい？　君だってリュシエンヌ嬢の家族にそう思われているんだろう……ほら、あそこで君のことをずっと睨んでるよ」

そう言ってフィリップ王子が視線を向けた先には、相変わらず剣呑な雰囲気を漂わせている侯爵達がいた。

侯爵夫人は匙を投げたようで、他のご婦人達のところで談笑している。

体裁を取り繕うはずの貴族がそれでいいのか、と言いたいけれど、フォンタニエ侯爵の娘の溺愛ぶりは有名なようで誰も気にしていないようだ。

ため息をついた僕を軽くいなすと、フィリップ王子はシャルロットのもとに行ってしまう。

その後も続々と他国の使者からのお祝いの言葉をかけられ、ようやく一段落したところで、フォンタニエ侯爵家の四人が動き出した。

フォンタニエ侯爵を筆頭に、侯爵夫人と二人の息子が僕に近づいてくる。

彼らが一歩ずつ僕に近づくたびに、僕の体が後ろへ仰け反りそうになる。

ふと、僕の手に優しく触れる感触があって我に返る。

隣りにいるリュシエンヌ嬢が心配そうに僕を見ている。

「アルベール様、大丈夫ですか?」

彼女を悲しませるわけにはいかない。

僕は気力を振り絞って、必死で笑顔を顔に貼り付けてフォンタニエ侯爵一家を迎えた。

相変わらず侯爵とその二人の息子は僕に対して鋭い視線を向けている。

視線で人が殺せるのであれば、間違いなく僕は既に死んでいるだろう。

「アルベール様。正式な場でお会いするのは初めてですね。改めまして、リュシエンヌの父、ドミニクと申します。無事にこの日を迎えられて感無量ですな」

フォンタニエ侯爵が恭しく挨拶をするが、睨みつけるのはそろそろ勘弁してほしい。

「フォンタニエ侯爵。こちらこそよろしくお願いします」

「お父様。アルベール様は先日王宮に戻られたばかりですのよ。そう邪険になさらないで」

リュシエンヌ嬢が僕に助け舟を出してくれる。

フォンタニエ侯爵はリュシエンヌ嬢に話しかけられて、相好を崩す。

これは、あれだ。

昔の映画で腕で顔を隠すと次の瞬間、表情が変わる「大魔神」ってやつだな。

そのくらい、僕とリュシエンヌ嬢に向ける表情が違うんだよ。

「なるほど。それではぜひ、次の機会には一発……グッ！」

胡散臭い笑顔をしていた侯爵が、突然、脇腹を押さえて身悶えする。

その隣には素知らぬ顔の侯爵夫人が立っているが、どうやら侯爵に肘鉄を食らわせたようだ。

何故？　と思ったが、どうもさっき侯爵が言いかけた「一発」というのは、「僕を一発殴らせろ！」と言いたかったようだ。

侯爵の後ろに立っている二人の兄も同じように思っているのだろう。

娘を攫っていく男が気に食わないのはわかるが、流石に殴られるのは嫌だな。

「幸せにします」と言いながら離婚して相手を不幸にしたのなら、殴られても仕方がないとは思うけどね。

「アルベール様。夫とお話しする時にはわたくしもぜひ、ご一緒させていただきますわ」

侯爵夫人が満面の笑みで請け合ってくれたので、殴られずに済みそうだ。

侯爵は渋々、侯爵夫人に引っ立てられるようにして、息子達を連れて父上と母上のところに移動していった。

いやー、寿命が縮まったよ。

ハァッとため息をつくと、リュシエンヌ嬢が心配そうに僕の顔を覗き込んだ。

「アルベール様。わたくしの父が大変申し訳ございません。アルベール様とのお話がなければ父はわたくしをお嫁に出す気はまったくなかったそうです。アルベール様との婚約が内定した時は食事が喉を通らなかったそうですわ」

婚約を却下させたかったたが、王族との婚姻は断れないし、それを仕組んだ侯爵夫人には頭が上がらないので、受け入れざるを得なかったそうだ。

娘を嫁に出さないって、溺愛にも程があるだろう。

貴族女性が結婚もしないなんてまずあり得ない。

行き遅れればどれだけそしりを受けるのかわかっているはずなのに、あえてそうさせるなんて、考えられないよ。

リュシエンヌ嬢がそんな立場にならずに済んで本当によかった。

「……絶対に幸せにするからね」

「何かおっしゃいました？」

こっそりと呟いた言葉はリュシエンヌ嬢には届かなかったようだ。

「いや、なんでもない」

フォンタニエ侯爵たちが行ってしまうと、入れ替わるようにラコルデール侯爵夫妻とジョスランがこちらにやってきた。侯爵夫人は両脇を夫と息子に支えられるようにして歩いている。

「アルベール様、リュシエンヌ様。この度はご婚約おめでとうございます。アルベール様のおかげで妻もこうして歩けるようになりました。何よりもう二度と会えないと思っていた息子まで……どれほど感謝をしてもしきれません」

ラコルデール侯爵が礼を言うと、侯爵夫人とジョスランも頭を下げた。

侯爵夫人は多少歩けるようにはなったが、まだ無理は禁物らしく、この会場にも車椅子を持ってきているそうだ。

その車椅子も僕達と同様、人々の注目を集めていたけどね。

その後も参列した人々から祝福の挨拶を受けていると、見知った二人がにこやかに手を振っているのが見えた。

「サミィ、ラウル。来てくれたのか」

二人とも僕の友人として参列してくれたようだ。

「アル、婚約おめでとう。まさかシスコンのアルが婚約するとはねぇ……」

ニヤニヤといたずらっぽい顔をして見せるところは昔と変わらないな。

「ラウルだって随分と顔付きが変わったね。すっかり商売人って顔になってるよ」

「えー、そうかなぁ?」

自分の顔をあちこち触るラウルにサミィがプッと吹き出す。

「婚約と言えば、君のお兄さんも婚約したそうじゃないか」

以前会ったことがあるが、ラウルのお兄さんのロジェさんは何とフロランさんの娘さんと婚約したのだった。

聞くところによると、二人は同級生で学生の頃から付き合っていたらしい。

だが、親がライバル商会同士なので内緒で付き合っていたようだ。

そう聞くとまるで『ロミオとジュリエット』みたいだな。

このままだと結婚を許してもらえず駆け落ちをするしかないか、と思っていた矢先、僕の商品開発に巻き込まれたため、割りとスムーズに話が進んだらしい。

一番納得していなかったのはもちろんフロランさんだ。

「グランジュ商会を仲間に引き入れたのは一生の不覚だ！」

なんて悔しがっているそうだ。

ちなみに僕はフロランさんの娘さんとは顔を合わせたことがない。

フロランさんは「お前には絶対に会わせない」なんて言ってたけど、どうしてだろう？

他人の婚約話ばかりで肝心のラウルはどうなんだろう。

「ラウルは？　今の職場に好きな子はいるのか？」

なんの気なしに聞いたのに、ラウルったら急に顔を真っ赤にしてオタオタし始めた。

「す、好きな子、って……バカ！　何を言い出すんだよ！」

そんなに慌てるところを見ると、どうやらいるらしいな。

どんな子か見てみたいけど、流石にそんな暇はないかな。

「まさかアルが一番に婚約するとは思わなかったよな。俺達はまだまだ先だろうけど……」

するとサミィがちょっとラウルから目を逸らした。

あれ？

この反応はもしかして……

「どうした、サミィ？　もしかしてサミィも婚約した？」

サミィは姿こそ僕達に合わせてくれているが、実際は五十年以上も生きているエルフだ。

僕達よりも先に結婚していてもおかしくはないだろう。

「まぁ、そういう間柄になったエルフがいるんだよね。すぐに結婚とはいかないけど……」

一人取り残された状態のラウルはかなりショックを受けたようだ。

魂が抜けたように呆然としている。

「ラウルったら、そんなに落ち込むなよ。まだ若いんだからさ」

そう言うサミィの慰めは耳に入っていないようで、どうやって彼女をデートに誘うべきかとブツブツ呟いている。

そんなラウルの様子に、僕とサミィはお手上げとばかりに肩を竦めるのだった。

会場の外の庭ではノワールとレイとブロンが仲よく遊んでいる。

飛び回るレイとブロンをノワールが捕まえようと飛び跳ねているようだ。


貴族達の祝福を受け終わった頃に、フィリップ王子が護衛騎士を連れてやってきた。

「アルベール。名残惜しいけれど、お先に失礼するよ。次に会える時は私とシャルロット王女の婚約式だと嬉しいな」

キラッキラの王子様スマイルで話しかけてくるが、父上のあの苦虫を噛み潰したような表情を見る限り、当分は無理だろうな。

シャルロットに行き遅れになってほしくはないけれど、まだまだ側にいてほしいんだよね。

僕自身、こうしてリュシエンヌ嬢と婚約はしたけれど、あの父親と兄達の態度を考えると結婚式は当分先になりそうだからね。

「そうなるといいけどね。今日はありがとう。気を付けて帰ってくれよ」

フィリップは僕の隣にいるリュシエンヌ嬢にも挨拶をすると、他の使者達と合流して大広間を出ていった。

「アルベール様はフィリップ様ととても仲がよろしいのですね。安心いたしましたわ」

リュシエンヌ嬢がこっそりと耳打ちしてくるが、僕自身はそうは思っていない。

僕にとっては妹を掻っ攫っていくいけ好かない野郎だが、どちらも婚約者の父親と兄が面倒臭い奴だという点では一緒だな。

フィリップが退出したのをきっかけに、婚約披露パーティーもそろそろお開きという雰囲気になってきた。僕は改めてリュシエンヌ嬢に向き直る。

「リュシエンヌ嬢。不束者(ふつつかもの)ですが、これから婚約者としてよろしくお願いします」

「アルベール様……こちらこそ、よろしくお願いいたしますね」

リュシエンヌ嬢が片えくぼを作りながら笑いかけてくる。

僕はその笑顔をこの先ずっと側で見ていられる幸運を噛みしめながら、パーティーを終えた。

エピローグ

婚約式を終えてからも、僕は毎日父上の執務室に通う日々を続けていた。

ちなみに、下町の家族には時々会いにいっている。

婚約のことも、パーティーを開くと決まった段階で伝えてあった。最初、家族は皆驚いていたが、僕がリュシエンヌ嬢にぞっこんなのだと聞いて、アルが幸せになるならと喜んでくれたっけ。


その日の僕は執務室に向かいながら、なんとなく引っかかるものを感じていた。

そう言えば、僕はまだ旅の途中だったはずだ。

なのに婚約披露パーティーをするからと呼び戻され、その後ずっと父上の仕事の手伝いをさせられている。

また旅に出ると告げても、のらりくらりとかわされそうな気がする。

何しろ狸親父だからな。

さて、どうしよう。

『アル～、見つけた～』

そう言って正面からノワールが走ってくると、僕に向かってジャンプしてくる。

子猫サイズのノワールは僕の腕の中にすっぽりと収まると、ウルウルの目で僕を見つめる。

『ねぇ～、アル～。お仕事終わった～？　運動場に遊びに行こうよ～』

「そうだな、ちょっとくらい……」

僕はノワールの誘惑に抗えず、歩く速度を緩める。

その瞬間、書類を手に持った文官二人とすれ違った。

ふと、彼らの話の内容が耳に入ってくる。

「ラコルデール領で見つかった例の薬、出どころはわかったのか？」

「それが、見たこともない材料で作られていたらしい……なんでも、人魚の涙が使われていたとか」

「まさか、人魚なんて本当に存在するわけないだろう」

二人はそのまま足早に去っていった。

ノワールが僕を期待するような眼差しで見上げる。

僕は父上の執務室へ行くのをやめ、自室へ引き返す決意を固めた。

「……ノワール、運動場はまた今度にして、ちょっと遠出しないか？」

『賛成！』

ラコルデール領の一件は僕も無関係ではいられない。まして人魚なんてわくわくする存在の名前を聞いたら、首を突っ込まずにいられる人間はいないだろう。

しかし、僕の頭にリュシエンヌ嬢の姿が浮かぶ。

彼女に何も言わないまま出かけてしまうのはよくないことだよね……

そんなふうに考え込んでいると、ふと以前母上に言われた言葉を思い出した。

「そうだ、指輪に使う魔石をまだ手に入れていないじゃないか！」

旅の途中で引き戻されたせいで、うやむやになっていた目標だ。

うん、魔石を見つけるためと言えば、旅を再開しても許してくれるはず。

人魚の涙について調べて、その後で魔石を探して持ち帰ろう。

そう決めた僕は、早速ノワールと一緒に自分の部屋へ向かった。


突然自室に戻った僕に、エマが驚いて駆け寄ってくる。

「アルベール様、どうされました？　どこか具合でも……」

「大丈夫、なんともないよ。ただ、リュシエンヌ嬢に贈る指輪の魔石のことを思い出したんだ！

ちょっと出かけてくるから後はよろしくね」

そう告げると、僕はエマの返事も待たずにマジックバッグを持って部屋を出た。

向かう先はブロンがいる厩舎だ。

『アル、どうしたの？』

僕を見つけたブロンが、翼をバサバサと動かしている。

その隣には、レイの姿もあった。

どうやら一緒に遊ぶ約束をしていたらしい。

僕はノワールを抱えたままレイを撫で、次にブロンの顔に手を当てた。

一通り従魔を甘やかした後、僕はブロンに向かって事情を説明する。

「少し気になることがあって、今からラコルデール領に行こうと思うんだ。その後魔石探しの旅を続けるつもり。ブロンに乗せてってもらおうと思うんだけど、どうかな」

『もちろんいいよ』

ブロンは快諾（かいだく）してくれた。

『え！　一緒に行きたい！』

レイが興奮して口から少量の炎を吐き出す。

それを見てブロンが笑いながらレイの背中を小突いた。

『じゃあどっちが速いか競争しよ！』

僕は翼をたたんだブロンに馬具をつけると、その背中に飛び乗った。

ノワールもブロンのたてがみにしっかり掴まっている。

レイはひとしきりブロンの周りを飛び回った後、ぐんと高度を上げて言った。

『ボクの方が絶対速いからね！　よ〜い、始め！』

レイがあっという間に空の彼方へ消えるのを見て、僕もブロンの手綱を引く。

「よし、行こう！」

『しっかり掴まっててね』

そして僕達は王宮から飛び出した。門番が驚愕の目で僕達を見ている。

どうせ母上達にはすぐ事情がばれるだろうけど、迎えが来るまでには時間があるはずだ。

それまで、僕は束の間の自由を満喫することにしよう。

シリーズ累計 360万部 の超人気作!(電子含む)

TVアニメ第2期

2024年1月8日から 2クール 放送開始!

TOKYO MX・MBS・BS日テレほか

異世界へと召喚された平凡な高校生、深澄真。彼は女神に「顔が不細工」と罵られ、問答無用で最果ての荒野に飛ばされてしまう。人の温もりを求めて彷徨う真だが、仲間になった美女達は、元竜と元蜘蛛!?　とことん不運、されどチートな真の異世界珍道中が始まった!

2期までに原作シリーズもチェック!

●各定価:1320円(10%税込)
●illustration:マツモトミツアキ

1~19巻好評発売中!!

漫画:木野コトラ

●各定価:748円(10%税込) ●B6判

コミックス1~13巻好評発売中!!

子連れ冒険者の
のんびりファンタジー!

神様のミスで命を落とし、転生した茅野巧。様々なスキルを授かり異世界に送られると、そこは魔物が蠢く森の中だった。タクミはその森で双子と思しき幼い男女の子供を発見し、アレン、エレナと名づけて保護する。アレンとエレナの成長を見守りながらの、のんびり冒険者生活がスタートする!

◉各定価：1320円（10％税込） ◉Illustration：やまかわ ◉漫画：みずなともみ B6判 ◉各定価：748円（10％税込）

【悲報】売れないダンジョン配信者さん、

LIVE

うっかり超人気美少女インフルエンサーを
モンスターから救い、バズってしまう

著 taki210

ネットが才能に震撼!
怒涛の260万PV突破

人気はないけど、実力は最強!?
お人好し青年が
ダンジョン配信界に
奇跡を起こす!?

現代日本のようでいて、普通に「ダンジョン」が存在する、ちょっと不思議な世界線にて――。いまや世界中で、ダンジョン配信が空前絶後の大ブーム! 配信者として成功すれば、金も、地位も、名誉もすべてが手に入る! ……のだが、普通の高校生・神木拓也は配信者としての才能が絶望的になく、彼の放送はいつも過疎っていた。その日もいつものように撮影していたところ、超人気美少女インフルエンサーがモンスターに襲われているのに遭遇。助けに入るとその様子は配信されていて……突如バズってしまった!? それから神木の日常は大激変! 世界中から注目の的となった彼の、ちょっぴりお騒がせでちょっぴりエモい、ドタバタ配信者ライフが始まる!

◉定価:1320円(10%税込) ◉ISBN 978-4-434-33330-9 ◉illustration:タカノ

この作品に対する皆様のご意見・ご感想をお待ちしております。
おハガキ・お手紙は以下の宛先にお送りください。

【宛先】
〒150-6019 東京都渋谷区恵比寿 4-20-3 恵比寿ｶﾞｰﾃﾞﾝﾌﾟﾚｲｽﾀﾜｰ 19F
（株）アルファポリス　書籍感想係

メールフォームでのご意見・ご感想は右のＱＲコードから、
あるいは以下のワードで検索をかけてください。

ご感想はこちらから

アルファポリス　書籍の感想

本書は Web サイト「アルファポリス」（https://www.alphapolis.co.jp/）に投稿されたものを、改題・改稿のうえ、書籍化したものです。

攫(さら)われた転生王子(てんせいおうじ)は下町(したまち)でスローライフを満喫中(まんきつちゅう)!? 3

伽羅(きゃら)

2024年 1月 31日初版発行

編集－藤長ゆきの・宮坂剛
編集長－太田鉄平
発行者－梶本雄介
発行所－株式会社アルファポリス
〒150-6019 東京都渋谷区恵比寿4-20-3 恵比寿ｶﾞｰﾃﾞﾝﾌﾟﾚｲｽﾀﾜｰ19F
TEL 03-6277-1601（営業） 03-6277-1602（編集）
URL https://www.alphapolis.co.jp/
発売元－株式会社星雲社（共同出版社・流通責任出版社）
〒112-0005 東京都文京区水道1-3-30
TEL 03-3868-3275
装丁・本文イラスト－キッカイキ
装丁デザイン－AFTERGLOW
印刷－図書印刷株式会社

価格はカバーに表示されてあります。
落丁乱丁の場合はアルファポリスまでご連絡ください。
送料は小社負担でお取り替えします。

ISBN978-4-434-33340-8 C0093